約會大作戰 DATE A BULLET

赤黑新章 7

DATE A LIVE FRAGMENT DATE A BULLET 7

Kadokawa Fantastic Novels

「冷靜一下，拜託！」
準精靈（女僕）——緋衣響
「如果是我，早就立刻射殺她了。」
精靈（反派千金）——時崎狂三

「老實說，我對妳感到很失望。」
準精靈（王子）——蒼
「我不想死不想死不想死呀——！」
準精靈（千金）——桃園真由香

「如果狂三妳想要，
我們再過一次學生生活吧？」

「……妳知道這身制服？」

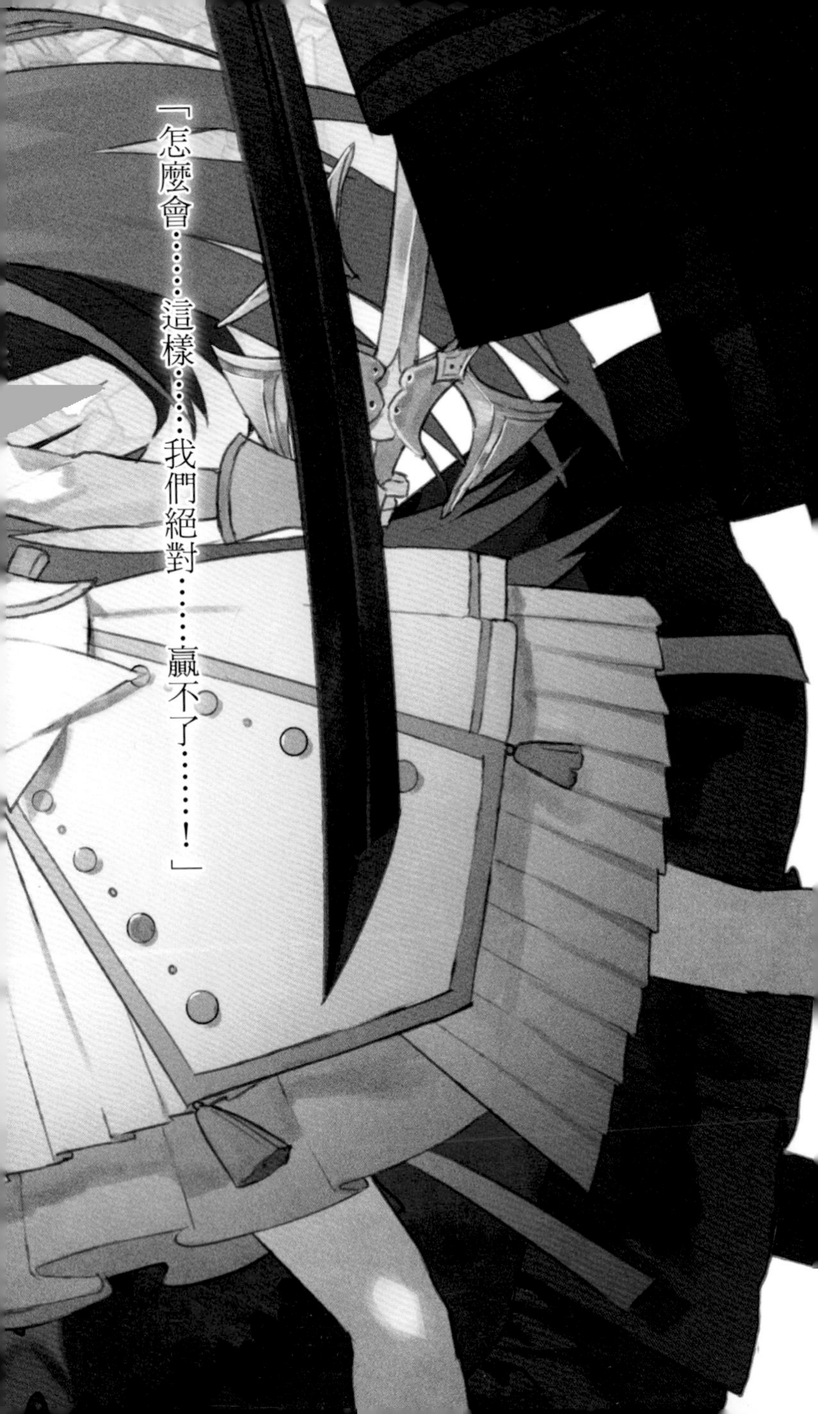
「怎麼會……這樣……我們絕對……贏不了……！」

「才沒這回事。」

「我好不安……不安歸不安，響，加油吧！」

約會大作戰
DATE A BULLET

赤黑新章

07

東出祐一郎
原案·監修：橘 公司

Kadokawa Fantastic Novels

彩頁／內文插畫　ＮＯＣＯ

約會大作戰
DATE A BULLET

赤黑新章

07

東出祐一郎
原案·監修：橘 公司

Kadokawa Fantastic Novels

彩頁／內文插畫　NOCO

安穩的生活、平靜的時光與融洽的友情，
是誰破壞了這一切？
血花盛開、屍橫遍野的戰爭與冷卻的激情，
為何投身其中？
好想拯救，
拯救世界。
身披輝煌榮光，
行俠仗義好不快活。
不過，皆已成過眼雲煙。
約會大作戰
DATE A BULLET
赤黑新章 7
DATE A LIVE FRAGMENT 7
SpiritNo.3
AstralDress-NightmareType Weapon-ClockType[Zafkiel]

○序幕

那是前塵往事了。

時崎狂三曾經很喜歡「茜」這個詞彙。

茜色的晚霞稍縱即逝，若是錯過欣賞的時機，感覺那一天便白費了。

「……狂三，起來了。」

所以，她真的很感謝自己的摯友山打紗和牢記此事，並且把她叫醒。

「紗和……」

這名可愛的少女紮起栗子色長髮垂放於肩頭，天生個性穩重、待人溫和，善於緩和周圍的氣氛。另外，她有養貓，這一點令狂三十分羨慕。

「班上的同學已經回家了。看妳睡得那麼舒服，有點不好意思叫妳起來。」

「別這麼說，謝謝妳叫我起來。」

正如紗和所說，教室裡只剩下狂三與她兩個人。其他學生不是去參加社團活動，就是回家了吧。大概是田徑隊在練跑，吆喝聲傳到狂三的教室。

溫暖的時光與空氣。

兩人沒有交談，也沒必要交談。紗和發出「嘿咻」一聲，坐到狂三前面的座位，兩人一起欣賞晚霞。

狂三輕聲嘆息，從書包抽出一封信。一只潔白的信封裡裝著信紙。

信上的文字雖不到工整得令人瞠目結舌，卻能感受到對方小心翼翼書寫一字一句的心意。

「妳在煩惱嗎？」

「那是當然。」

狂三再次嘆息。這封信是早上上學途中，一名「陌生的男高中生」畢恭畢敬地遞給她，她反射性收下的。

然後信中的內容是——

「是情書吧？」

「嗯……感覺……很像是……」

何止很像，根本就是情書。上頭不僅寫著「我喜歡妳」，也寫著「請跟我交往」。

「所、以、說，妳打算怎麼做？」

「……對方的心意我是很開心啦，但我打算拒絕他。」

狂三嘆了一口氣。

與其說心情低落，不如說她覺得很尷尬。

「狂三，妳以前沒被人告白過嗎？」

「沒有耶。」

紗和歪了歪頭，用手觸摸狂三的臉頰。

「妳明明長得這麼可愛。」

狂三的臉頰宛如茜色的天空般泛起紅暈。

「討、討厭啦，不要調侃我了！」

「呵呵，對不起～～」

狂三鼓起腮幫子抱怨；紗和則是一副樂開懷的樣子凝視這個畫面。

「不過，太好了。這下子六日又能一起玩了。」

狂三感覺紗和好像把自己當成小朋友看待。

「是沒錯啦……不過，如果我有了喜歡的人，也會去約會的。」

狂三露出有些鬧彆扭的表情說道。

「哦～～那妳希望怎麼約會？」

「這個嘛……去看電影……去咖啡廳……然後看貓……摸貓……逗貓……」

「貓咪占的比重也太重了吧……那來我家也可以呀。」

「在約會途中順道去妳家嗎？」

狂三笑著心想：這情況未免也太尷尬了吧。

「咦～～難道妳有了戀人就不跟我玩了嗎？」

「才沒那回事呢。絕對不會。因為妳是我最重視最重視的朋友。」

「嘿嘿嘿……真開心。」

狂三瞇起雙眼凝視害羞的紗和。

「希望我們以後都能談一場美好的戀愛。」

「如果狂三妳有了重視的人，我一定會支持妳。約好了。」

兩人伸出小指互勾。

只是個沒有任何保證的幼稚約定。

時崎狂三回想起兩人當時約定過這樣的事情。

○即使問世界為何如此殘酷也是枉然

時崎狂三花了十秒接受緋衣響被白女王（Queen）擄走的事實。

這件事雖然駭人，但狂三並不感到震驚。

因為自從與白女王開戰，她的腦海裡經常浮現這個念頭。與白女王為敵後，她便完全捨棄「不會牽連對戰力無所助益的響」這種天真的想法。

所以，她是基於其他事實才凍結在原地。

白女王的嗓音、語調，以及那令人懷念的發聲方式。

簡直就跟——時崎狂三過去的朋友「如出一轍」。

雖然在這個鄰界戰鬥的時崎狂三是用【八之彈（Het）】創造出來的分身，但也擁有時崎狂三身為人類時的記憶。

不得不離別的昔日重要好友。

山打紗和。這便是那名少女的名字。

狂三深深吸了一口氣，吐出所有氣息的同時轉換思緒。

「時崎狂三！」「阿莉安德妮，妳沒事吧！」

蒼與篝卦葉羅嘉奔向兩人。

阿莉安德妮儘管臉色蒼白，還是勉強站起來。

「究竟發生了什麼事——」

「響被白女王擄走了。」

狂三淡淡地陳述事實後，蒼便露出內疚的神情。因為剛才狂三正是答應了蒼的懇求，才離開響的身邊。

「抱歉，都是我害的。」

「不……」

狂三對一臉歉疚的蒼搖頭說「不必愧疚」。即使是狂三與響，也不可能二十四小時形影不離地一起行動……大概吧。

再怎麼警戒，遲早還是會露出破綻，狂三早已預料到事情會發展到這個地步。

「話說，阿莉安德妮妳——」

「我、我沒事。我才應該道歉。」

「別這麼說。與白女王交手，能活下來就夠僥倖了。」

不過對白女王而言，無疑是與時間競爭。狂三雖然與響分開，兩人的距離是只要狂三察覺到不對勁就能立刻趕到響身邊的程度。

反過來說。

對白女王而言，緋衣響的地位甚至比準精靈的領袖——支配者（Dominion）還重要。

也就是說，她認為緋衣響才是時崎狂三的致命弱點吧。

「不知道小響是否平安。」

「……應該不會有事。」

狂三心裡有數，她和響談論並推斷過「白女王心裡在打什麼算盤」。不過，白女王也可能一時心血來潮做出意料之外的事，或是自己根本推測錯誤。

白女王很強。

這句話不僅是指單純的戰鬥力，也是指她有三個本領高超的部下，更意味著她有無數肯為她赴湯蹈火的手下。

然而，最難纏的不單是如此。

如果只是這樣，就能將她的優點簡單以一句「強大」來概括。

真正棘手的地方在於白女王心存惡意這件事。她企圖破壞這個鄰界的惡意、想要殺害時崎狂三的惡意比任何人都強烈。

若她心存的是鬥志，只要迎戰就好；若她心存的是殺意，只要反殺回去就好。

不過，惡意並不是單純的因果關係就能解決。必須縝密思考，做好扯人後腿、抓住對方弱點，以及壯士斷腕的覺悟。

時崎狂三便是基於這些理由，選擇相信白女王。

倘若她擁有最強烈的惡意，絕對不會只滿足於殺死緋衣響。

肯定會利用緋衣響「設下什麼圈套」。

「……現在該怎麼辦？」

第五領域（Geburah）的支配者，同時也是蒼的師傅，篝卦葉羅嘉如此詢問。狂三眼神堅定地回答：

「前往第二領域（Chhokmah）——與白女王一決勝負（carte à jouer）吧。」

於是一行人飛往雪城真夜、凱若特．亞．珠也與四張撲克牌，以及岩薔薇等待的第二領域。

◇

突然清醒。慢慢睜開闔起的眼瞼後，輕聲嘆息。

「女王，您感覺如何？」

聽見ROOK所說的話，女王淺淺一笑。

「我作了一場夢。」

「夢……是夢見過去？還是幻想？」

夢有分成想起過去的夢，與表現深層意識的夢。

「嗯……是否該稱之為過去呢？本應早就捨棄，實際上至今也從未想起……不過，果然是因為見到了狂三吧……似乎被誘發出來了呢。呵呵呵……真是可憎之人。」

令人懷念、憎恨、留戀，卻還是放手的過去。

感受到女王平穩的語氣中帶有寒意的ROOK連忙轉移話題：

「出擊準備已一切就緒。只要女王一聲號令，便能開始行動。」

「並非一切。本來計劃讓召喚術士召喚出來的『那個』大鬧一場的。」

「關於這件事——在下感到十分抱歉。」

「不是妳的責任。是『那個』擅自野馬脫韁，恣意胡鬧罷了。但老實說，我沒想到竟然會被幹掉。」

「第五領域似乎基於前任支配者的力量，導致世界法則扭曲。想必是因為那個被稱為『技能』的玩意兒顛覆了純粹的力量差距。」

第五領域是奇幻世界的系統法則所支配的領域。在那裡，即使沒有適合戰鬥的無銘天使，也能以被稱為「技能」的特殊能力來獲得非比尋常的攻擊手段。

當然，那是第五領域專屬的特性，與接下來要進攻的第二領域無關。第五領域的準精靈雖然

善於戰鬥，卻並未因此成為鄰界中最強的戰將。因為她們無法憑藉只在第五領域通用的能力，到其他領域戰鬥。

「……過去的事就忘了吧。反正那具鑄模也無法再使用了，就當作大儀式前的餘興節目。」

「是……終於要來臨了呢。」

「是啊，終於要破壞鄰界，將一切聚集在『我』身上。」

「女王，我有件事想請教您。」

「什麼事？」

「在那之後，您會變成怎樣的存在呢？是神？還是其他的——」

「天曉得。我也沒興趣知道。」

白女王冷淡地告知。ROOK低頭回答：「失禮了。」

只要按照計畫進行，就能將所有旋繞在鄰界的靈力聚集到白女王身上。屆時，鄰界將瓦解，準精靈滅絕，只剩下虛無的空間與女王而已吧。

話雖如此，那份靈力無比強大。

想必不但能重建鄰界、能飛往現實世界，也能單純成為繼續存在的生命體吧。

不過——

白女王心之所願並不在此。

「好了……暫時就託付給『將軍(GENERAL)』妳吧。我要小睡片刻，有什麼事再交換。」

白女王如此說完便闔上眼瞼。

「女王。」

聽見ROOK的呼喚，女王露出狂傲的笑容站起身。

「那麼諸君，前往第二領域大肆蹂躪吧。想必她們正群起憤慨，嚷嚷著要進行最終決戰——必須以龐大的絕望毀滅她們的希望。」

站立的白女王與ROOK一起邁開步伐，打開巨大的門扉。門後有著巨大的生命體。

宛如無邊無際的浪潮，人稱空無的少女們——不足以稱為準精靈，被本能所支配的士兵。

數量之多，甚至超過鄰界所有的準精靈。

「她們萬萬沒想到吧，之前投入侵略的空無軍團，『只不過是滄海一粟』。」

少女化為準精靈只有兩個途徑，要嘛死，要嘛誤入鄰界。而失去生存目標的準精靈將會淪落為空無。

不過現場的空無們並非如此。她們是白女王利用魔王〈狂狂帝(Lucifugus)〉創造出來的純粹生命體。

【雙子之彈】——冠上雙子座之名的子彈創造出這支龐大的軍隊。它的能力並非如同時崎狂三的〈刻刻帝(Zafkiel)〉【八之彈】複製過去，而是製造「劣化版的自己」。

但是女王厭惡這樣的能力，因為劣化版的自己是最令她無法接受的存在。

因此她改變能力的性質。不只劣化，而是稀釋，灌輸這些人造生命體「服從女王」的命令。

「虛無的軍隊。」

空無們回應女王的呼喚。「將軍」高舉軍刀，輕聲宣告：

「白女王在此向汝等下令：殺身成仁吧。」

空無們並非以聲音回答，而是敲打手持的武器予以回應。

「將生命、戰爭、汝等擁有的一切獻給女王吧。高歌破滅，歡喜地顫抖著死去吧。」

歡聲雷動。遵命，陛下。吾等之性命將奉獻給女王！為了女王！為了女王！為——

了——女——王——！

狂熱的信仰、瘋狂的吶喊，以及溫暖的愛。

女王如淋雨般沐浴在這些要素之中，冷若冰霜地低喃：

「——啊啊，真是吵死了。」

無論如何，鄰界的一切存在都令白女王唾棄。

◇

——姓名？

緋衣響。

——無銘天使？

〈王位簒奪（King Killing）〉。

——年齡與國籍？

不知道，大概是日本人吧？

——為何存活？

嗯～～……為了實現狂三的願望？

——為何在此處？

我是被抓來的。

——為何存活？

呃，我不是說了嗎……

——為何在此處？

夠了……別再問了！

——為何存在？為何存活？為何在此處？為何認為待在此處也無所謂？為何還不死？明明妳全身上下都已空空如也？

答案一片空白。心亂如麻，無法整合思緒，彷彿忘了怎麼呼吸般令人窒息。自己當然明白這是洗腦的手段，目的是讓人貶低自我。明白歸明白，但沉默令人痛苦，說謊令人恐懼。

在不斷回答一個又一個的問題時，不知不覺便開始懷疑自我。

靈裝與無銘天使早已改變性質，長相也已變換。是我又非我，非我又是我的少女。

映照在鏡中「非我的我」執拗謹慎地詢問。而每次「我」這個少女的概念便灰飛煙滅。

心靈竭盡全力地吶喊，要自己冷靜。

總之，我、我的名字是——啊啊，呃……好像叫……響。沒錯，我的名字是響。我答對了。應該吧。不會有錯。忘了姓什麼，但這也無可奈何。

我現在是三幹部之一。

是BISHOP、ROOK還是KNIGHT？總之是其中之一。指揮三幹部的是精靈白女王，她是時崎狂三的敵人，把我納入她的麾下。我拚命忍耐想侍奉她的誘惑。

想像——受到暴風襲擊，無窮無盡一直翻滾的自己。

想像——終點是懸崖，拚命掙扎不掉落懸崖的自己。

想像——指甲剝落、手指斷掉、指紋漸漸被削掉的自己。

想像——在快要掉落的前一刻，抓住崖邊的自己。

想像——暴風並未止息，手指一根一根滑落的自己。

感覺就像暴風一點一滴削除〇〇響這個存在。在耳邊呢喃著要自己拋下不想遺忘、不能割捨的東西。

無人援助、無計可施，也沒有奇蹟發生。

有的只是即將變成他人的殘酷現實。

不能忘記。

不能忘記「她」的存在。必須牢牢抓住、緊抱不放才行。啊啊，可是，手指、手指一根一根滑落。若是墜落這萬丈深淵，我一定會一命嗚呼。如此一來便萬事休矣。努力撐到極限，撐住、撐住啊——！

……啊啊，可是——

就算硬撐也毫無意義吧。

我有說錯嗎？

「因為最後還是會落得同樣的下場」。

我馬上就要——

和那個連名字也想不起來的人離別了。

多餘的思考給予我致命的打擊。我被暴風吹飛，發出慘叫墜落深淵。

我忘記自己是誰，也忘了重要的人是誰。

輕而易舉地摔落懸崖。

——啊啊，啊啊。實在太過簡單了，最終不過是這種程度罷了。

我似乎聽見了——

傻眼、輕蔑，卻又有些安心的嘆息。

◇

篝卦葉羅嘉強行突破途中的通行門，從第五領域抄近路高速移動到第二領域。

通行門開啟，一行人穿過【通天路（Shamayim Ku-VEESH）】，前往第二領域。

「不過師傅，為什麼選擇第二領域展開決戰？」

葉羅嘉抓了抓頭回答：

「啊～～……這個嘛，蒼，妳也知道我不擅長滔滔不絕地解釋困難的事情吧。所以老實說，我也搞不太清楚。」

「我知道，所以我並沒有指望妳回答。剛才那句開場白，是為了讓妳把話題甩到阿莉安德妮身上。」

「有必要嗎？算了，阿莉安德妮，妳來解釋一下。」

「咦咦～～……好麻煩喔～～……」

「拜、託、啦！」

「人家剛剛才對小響說了一大堆耶～～……不過，也沒辦法。妳之後再去問真夜吧，我說明得很簡略～～」

阿莉安德妮如此說道，一邊吐出一小口氣息。

（以下為阿莉安德妮的談話）

所以是要講什麼來著？對了對了，是第二領域的事吧～～反正也瞞不下去了，我就索性說了吧～～第二領域是「調節」的領域～～調整鄰界的靈力，再流入整個領域～～打個比方來說，只要想成有無形的下水道管線和水，這些讓靈力降臨到鄰界就好了～～

然後啊，然後我們——我、葉羅嘉和真夜啊，怕有人拿來做壞事～～為什麼怕就不用我多說了吧～～

「如果能夠以人為操控靈力，那麼操控靈力的準精靈將會成為絕對的支配者」。我們是偶然擊敗在第二領域為非作歹的準精靈時明白這個道理的——沒錯，差點就濫用靈力了～～

「啊～～當時真是驚險呢。那是我們才剛當上支配者不久發生的事，滿久遠了～～」

是啊～～葉羅嘉也完全上了年紀。別生氣、別生氣～～開個玩笑嘛～～

好了……回到正題～～當時打完那一場仗後，我們決定就算往後結交到再怎麼值得信賴的朋友，也絕不說出這個事實。

啊啊，真暢快。

終於能說出這個祕密。

無論再怎麼親密、信任的人，都不能告訴她們這件事。順帶一提，我跟葉羅嘉和真夜的關係也有點緊繃。

「這也難怪……畢竟眼前的朋友有可能因為一時鬼迷心竅，就毀滅鄰界。說得難聽一點，彼此都忌憚對方。」

沒錯、沒錯。

不過我也在互相忌憚的過程中對她們兩人產生好感就是了～因為拚命想解讀兩人腦袋在想什麼，像是現在葉羅嘉肚子餓了吧，或是真夜似乎想閱讀新書之類的。

「這、這樣啊，感覺有點難為情呢……除了妳想睡以外，我完全猜不透妳的心思……」

除了想睡，我也沒其他心思啦～

……言歸正傳，一般都認定最初目睹白女王時是在第三領域（Binah）。她在這個領域「現身」……然後把空無當作手下，進攻各個領域，企圖統治～

起初大家以為只是偶然出現一個得意忘形，實力較強的準精靈，事實上的確偶爾會出現這樣的準精靈就是了……

但後來立刻明白並非如此。

除了侵略速度非比尋常，重點在於——她是以「毀滅這個鄰界為前提而戰」。而且確定在各個領域的某處存在著能毀滅鄰界的東西～

然後，想必她是在數度侵略後才終於發現～

第二領域就是她的目的地——昇華成神的命運場所。

◇

「……原來是這樣啊。」

時崎狂三低喃一句，望向自己的槍——然後將視線移向阿莉安德妮。阿莉安德妮微微動了動身子——發出警戒信號。

葉羅嘉也一樣。

「放心吧，我沒有打算取代白女王，濫用靈力。」

「要是信得過妳就好了～～」

「信不過我也無所謂。只是神經繃得太緊的話，到了關鍵一戰可是會精疲力盡喲。」

阿莉安德妮聞言，嘆了一口氣。狂三說得沒錯，所以她的體貼反而令自己內心騷動不安。

阿莉安德妮心生疑惑。因為自己早已決定將這個事實告訴時崎狂三，反正遲早會曝光，瞞著不說才更加不安。

後來她明白了——剛才跟現在有哪裡不同。

如今緋衣響不在現場。狂三乍看之下一如往常，但缺少響的她散發出一股強烈的危險氣息。

宛如無依無靠、無家可歸……哭哭啼啼的走失兒童。

以及與那弱小無助的感覺恰恰相反的超凡戰鬥力與殺意。

如此失衡的她此時若有意為之，有可能澈底毀滅世界……如果響在，她那無厘頭的發言或是天真無邪的愛情，應該能讓狂三回到那個會很有人情味地無奈嘆息的她吧。

「要是小響在就好了……」

「就算她在，結論也不會改變。」

阿莉安德妮似笑非笑地回應狂三。因為她有預感，無論自己反駁或贊同都會被挑刺。

「事情就是這樣，妳們兩個，第二領域到了喔。」

葉羅嘉說完，阿莉安德妮連忙停下。通行門已經開啟，能看見門外的第二領域世界。

「嗚哇，好久沒來了呢……」

還以為自己到死為止都不會來到這個領域。葉羅嘉和阿莉安德妮來到這個第二領域，被視為有心毀滅鄰界也無可奈何。

門的另一端是一條有些狹窄的通道，牆壁、地板和天花板是書架，鋪滿了書……奇妙的是，天花板的書沒有掉落。

「……敵人還沒攻打進來吧？」

葉羅嘉點頭回應狂三的提問。

「如果敵人攻打進來，應該會留下口信……既然沒有，應該沒事吧，我想。」

「……靈力很安定，沒有戰鬥時特有的混亂。只要沒有全軍覆沒，就沒問題。要是全軍覆沒了……」

葉羅嘉死命皺起臉說：「少烏鴉嘴。」戳了一下蒼的頭。蒼看起來十分開心地接受。

「是妳們先來啊……太好了。」

此時突然響起一道淡淡的聲音。狂三循聲望去，便看見雪城真夜一如往常抱著沉重的書籍站在那裡。

「嗨，真夜～」

阿莉安德妮揮了揮手。大概是看見真夜的臉而感到安心，葉羅嘉也默默地豎起大拇指。

「……嗯。妳們沒事就好。」

真夜難得浮現微笑，歡迎阿莉安德妮和葉羅嘉。阿莉安德妮看見她的微笑，突然內心一陣感動。

「太好了呢……」

聽見阿莉安德妮心有戚戚焉的呢喃，葉羅嘉露出苦笑。

「不，一點都不好吧。」

葉羅嘉也明白阿莉安德妮的呢喃是來自從祕密解脫的喜悅與——終究誰都沒有背叛好友這件事。

少女們所懷抱的祕密太過沉重，其中包含了想信任對方的心情，與正因如此才不想遭人背叛的心願。

雖然戰爭在即。

雖然可能馬上就要消失。

但是能像這樣……彼此坦承、相聚，她們三人都感到十分開心。

「所以真夜，這裡將成為決戰場所是嗎？」

聽見狂三說的話，真夜清了一下喉嚨，回歸現實。

「很遺憾，似乎會變成如此。我期待妳們的奮戰。」

「岩薔薇和凱若特她們呢？」

「跟我來。」

真夜催促一行人，為她們帶路。

「時崎狂三，妳有聽說為何這裡會成為決戰場所嗎？」

真夜一邊走一邊問。

「有，已經聽阿莉安德妮小姐粗略解釋了一遍。」

「是嗎……我們只能相信妳了。拜託妳不要選擇。」

「不要選擇毀滅鄰界嗎？」

「是的。因為我們不認為在與白女王對戰後阻止得了妳。」

「我也無法保證在決戰後還能平安無事——」

狂三沒有將後面的話說出口。感覺若是說出口，便會一語成讖。

——「打敗女王後，竟要與妳們戰鬥」。

時崎狂三冷靜透澈、冷血無情、慘無人道。

即使如此——

她對毀滅世界依然懷抱著禁忌。不過，該怎麼訴說、表達，才能得到她們的信任呢？

啊～～唔～～

狂三發出莫名其妙的輕微呻吟。她盡量背著其他人，對聚在一起的真夜、阿莉安德妮和葉羅嘉輕聲說道：

「……有響在，我不會做出那種輕率的舉動。」

三人聞言，相視苦笑。蒼覺得自己被排擠了，有些不悅。

◇

「狂、三、大、人——！」

如忠犬般狂奔而來的是第三領域前任支配者，凱若特・亞・珠也。

她眉清目秀，打扮像個某家的貴公子，頭戴絲質高禮帽，臉上有顆星星符號。

另一方面又自稱是時崎狂三的頭號迷妹，是個總在關鍵時刻出差錯的冒失鬼，雖然率領四張撲克牌部下卻不被放在眼裡，懦弱又膽小，屬性多不勝數。

「好久不見了，我好想您呀！」

「是啊，真的好久不見了呢……應該說，這是我們好不容易第二次相見呢。我反倒跟妳的部下黑桃A比較熟……」

狂三說完，跟隨凱若特的四張撲克牌——當中的黑桃A拍了一下手。她雖然呈現平面狀態，表達感情的方式和動作卻跟人類沒兩樣。順帶一提，黑桃A是佩戴日本刀的英勇黑髮少女，大概因為是撲克牌，造型有些偏向Q版。

『哎呀，說起來還真是如此是也。比起主人，在下跟您還比較熟是也。哎呀，真是抱歉是也啊，主人。』

「妳這張撲克牌，根本一點也不覺得抱歉吧！稍微給主人一點面子好嗎！」

『就算您這麼說，在下也沒辦法是也……』

黑桃A彈跳著聳了聳肩。

「嗚嗚，被部下看不起，還被白女王打得落花流水……我真衰……」

『吾之首領啊，就當作光是能倖存就該偷笑了便可！』

聽見梅花4說的話，狂三苦笑著點點頭。

「那張撲克牌說得沒錯。與白女王對戰，能活下來就該偷笑了，凱若特。」

「是沒錯啦……嗚嗚。」

『呃，雖然我們這麼說有點不妥，但真的是被打得十分淒慘是也。』（黑桃A）

『我們也幾乎全軍覆沒嚕。』（方塊9）

『請容我們一下子逃之夭夭，哭著逃進牆中～～大概是這種感覺。』（紅心Q）

「如果妳們死了，應該就會轉換成別人，幹嘛記這些有的沒的！」

『只要想成我們的前前前任都一五一十地記下來便可！』

「記下來了？」

『當然，寫了一大堆主人的小糗事和少女情懷嚕！』

『在下打算當主人對我們蠻橫不講理時，把這些筆記全都散布到鄰界是也。』

『請容我推定精神層面的傷害將超過一〇〇〇～～！』

「妳們想的事情未免太可怕了吧！還有，我有點好奇精神層面的傷害是以什麼為基準！」

「……撲克牌們，那本筆記賣多少？我想掌握住她的祕密。」

真夜表示有興趣；凱若特「呀～～」地發出慘叫。

狂三會心一笑，又有些傻眼地看著她們喧鬧。突然有人輕輕拍了拍她的肩膀。

「哎呀，岩薔薇。」

另一名時崎狂三——被囚禁在第三領域時的分身，身穿宛如向日葵的黃色靈裝。

「東奔西走的，終於抵達了第二領域……這裡就是女王的希望之地嗎？」

「好像是。」

狂三瞥了岩薔薇的臉一眼。與自己同一個模子刻出來，卻與自己不同——分道揚鑣的存在。

「岩薔薇，我有一個問題想問妳。」

「好呀，請問。」

「我打算回到現實世界，現在依然抱持著這個想法。妳呢，打算如何？」

岩薔薇沉默不語；狂三決定等她開口回答。

「……我們有我們的目的，一切必須以此目的為優先。」

狂三聞言，點了點頭說：

「說得也是呢……」

打倒初始精靈是時崎狂三一切的目標、目的，以及夢想。無論是用【八之彈】產生的分身，還是應該在現實世界戰鬥的本人，心中都牢記必須以此為第一要務。

「……所以，我非回去不可。」

岩薔薇有些苦澀地做出這個結論。狂三聽出這句話中包含著各式各樣的感情，卻沒有特意說出來。

「我們不一樣呢。」

長相、聲音、語氣相同，還使用一樣的武器。

可是，狂三與岩薔薇兩人的經歷卻是天差地別。

狂三不知道——岩薔薇在第三領域的遭遇有多淒慘。

岩薔薇不知道——狂三與緋衣響一同闖蕩過何種日子。

即使是分身，一旦分開行動，累積的經驗便屬於那個分身本人，無論是歡喜、恐懼、悲哀等所有情緒。

「是呀，不一樣呢——話說，緋衣響人呢？」

「被抓了。」

狂三語氣爽快地回答岩薔薇的提問。

「……沒關係嗎？」

聽見岩薔薇感到不安的話語，狂三狂妄地笑道：

「我早就料到她會使出這一招了。我跟響確定那個女王一定會『這麼做』，既然如此，當然也能採取對策。」

「對策……」

「首先，我最擔心的是響的性命……不過，她沒有被當場殺死，我想性命應該是無虞的。既然對方勞心費力地把她抓走，想必有她的意義存在。」

「意義……是為了蒐集情報之類的嗎？」

「不是。白女王早就對我的情報瞭如指掌了吧，應該也已經得知我的戰鬥招數。如此一來，那個惡魔在盤算的只有一件事。我想岩薔薇妳心裡有數吧？」

「……『與我們為敵』。」

狂三點頭認同岩薔薇的回答。不過，岩薔薇依然一臉不安地皺起眉頭說：

「也就是說——『我』打算……與緋衣響交戰嗎？」

岩薔薇本來想說的是殺死緋衣響，最後還是改口。狂三嘻嘻一笑，頷首說道：

「是的是的，交戰。不過，我已做好覺悟。與之交戰、戰勝，然後——我不會讓她犧牲。」

光是交戰、戰勝是不夠的。因為對白女王來說，狂三與響交戰一事本身就可說是勝利。她知道這樣能折磨狂三、令她傷心。

所以狂三必須與響交戰、戰勝響，然後——將她奪回。

「……妳打算救響嗎？」

「是的是的。我是精靈時崎狂三，這點小事，比作夢還簡單。」

緋衣響是時崎狂三的夥伴，所以「無論如何，狂三都會竭盡全力將她帶回」。

「妳還真是貪心呢，我。」

「哎呀，妳現在才發現嗎？」

狂三笑道；岩薔薇也跟著笑了笑。

「然後啊，岩薔薇，關於白女王的真面目——」

「……？」

岩薔薇瞪大雙眼，歪頭表示疑惑。

「她『並非時崎狂三的反轉體』。」

「咦……！」

狂三對表情愕然的岩薔薇輕聲說出連自己也還無法完全相信的情報：

「她是山打紗和，是我們還只是純真少女時認識的重要朋友。這便是女王的真面目。」

岩薔薇這次則是目瞪口呆地說道：

「紗和……？」

岩薔薇是時崎狂三的分身，因此共同擁有她人類時代的記憶。紗和是時崎狂三還只是個少女時認識的重要朋友。

「可是，紗和她——」

「是的。我……正確來說，是本體的我把紗和……」

殺了。毫不留情地射殺已成為四處噴火的怪物的她。自以為是正義使者，不去理解怪物的真面目……便對「那女人」唯命是從。

「妳打算……怎麼做？」

面對語帶殷切的提問，狂三堅定地回答：

「我會戰鬥。既然她是敵人，我就會正面應戰，一定要除掉她。不管過去如何，現在的她——無庸置疑是個罪人。」

沒錯。

無論山打紗和過去是個多麼善良的少女，在狂三心中是多麼無可替代——

如今她打算毀滅鄰界——這不是罪，那什麼才是罪？

「話說回來，沒想到竟然是紗和……」

岩薔薇啞然無言，因為她實在難以想像。

「就是說呀。不過，她……真的是紗和嗎？」

「與她面對面的不是『我』嗎？」

岩薔薇說完，狂三猶豫地點點頭。

白女王身上有某種氣息，令狂三看了一眼的瞬間便確定必須打倒她。可是，她擄走緋衣響時

的聲音與語調分明就是山打紗和。

「我不可能忘記她的聲音。」

嚴密封鎖在名為過去的倉庫最深處的記憶。

當塵封的記憶頓時開啟時的衝擊，實在難以言喻。

「不過……之前我們都以為她是時崎狂三的反轉體。」

岩薔薇反駁道。

她說得沒錯，在聽到聲音之前，時崎狂三也判斷白女王是反轉體，是時崎狂三反轉後的分身……或是其他身分。

「無論是長相、能力，一切的一切都顯示出她是反轉體。」

她所使用的魔王是與〈刻刻帝〉成對——以天文鐘、軍刀和手槍構成的〈狂狂帝〉。

就算以她支配空間的能力來考慮，也絕對是反轉體。

沒錯，這一點無庸置疑。而山打紗和則碰巧與時崎狂三擁有成對的能力——說是偶然，未免也太湊巧了些。

況且，白女王的長相……跟時崎狂三如出一轍。

「時崎狂三，借一步說話。」

大概是看準兩人談話告一段落，真夜對狂三說：

「連接第二領域的門扉已經封鎖，我的準精靈部下們都前往其他領域避難了。路障快要設好了，畢竟我不擅長打仗，所以想徵求妳的意見。」

「嗯……」

巨大的石柱林立——這裡似乎是條巨大的排水道。據真夜所說，這條通道的另一頭是通往第一（Kether）領域的通行門。

於是，她們先在這裡設下路障，徹底堵住柱子與柱子間的縫隙，設置巨大的城牆。

「我先試著徹底加強防禦……」

「嗯，這一點是沒錯，但並未令人出乎意料。」

「我有問題。」

蒼舉手發言。

「蒼，妳有什麼問題？」

「時崎狂三是槍手，適合籠城戰，但我是直接打鬥類，並不適合固守城池。該如何是好？」

「……那麼，能遠距離戰鬥的人，請舉手。」

篝卦葉羅嘉、雪城真夜、岩薔薇舉起手。阿莉安德妮搖了搖頭，她所使用的無銘天使是線，再怎麼伸長也只能達到近～中距離的範圍，不適合遠距離戰鬥。而凱若特則是與撲克牌一起行動，屬於近距離戰鬥的類型。

「分成攻擊組與防衛組吧。」

「不會被各個擊破嗎？」

「那麼，需要一個機動人員。篝卦葉羅嘉小姐，妳是屬於遠近距離都能戰鬥的類型吧？」

葉羅嘉賊笑著拍了拍胸脯說：

「交給我吧。不過，機動人員具體要做什麼事？」

「與蒼並肩作戰，若是防衛組陷入苦戰，隨時前往支援。反之，若是防衛組游刃有餘，就近距離作戰。算是游擊兵吧。」

「ＯＫ。我很機靈，短距離的話也能隨時轉移陣地和高速移動。總有辦法的吧。」

「如此一來，近距離戰鬥的就是我、阿莉安德妮和凱若特嘍？」

「不，我也要去攻擊組。」

「時崎狂三妳也要嗎？」

「是的。蒼，妳想想看，妳覺得我適合防衛嗎？」

「不適合，完全不適合。妳基本上是把對手打了個落花流水、碎屍萬段，再扔進垃圾筒的類型。」

「……妳是在誇獎我吧？」

狂三表示疑惑後，蒼便點頭回應：

「百分之百在誇獎妳，要不然加個愛心符號也行。」

「我徒弟的表達能力真是堪憂啊……」

葉羅嘉如此低喃。

「也就是說，我跟岩薔薇防衛，其他人攻擊。葉羅嘉機動……對吧？」

「這樣就好了吧～我覺得分配得挺平均的～」

「麻煩岩薔薇用長槍掩護我們。」

「還真是忙呢……」

「如果人數多一點，還能多方面應對……但我們能期待會有援軍前來幫助我們嗎？」

面對狂三的提問，真夜低垂視線。

「我是有、是有……向各領域的支配者請求援軍支援，不過我想還是別抱太大的期待。」

「為什麼？是時間上來不及嗎？」

「……也有這個可能，但我要求援軍時是這麼說的。」

——妳們能過來支援我自然很感激，但希望打完仗後能讓我消除妳們的記憶。

「真夜，妳告訴她們實情了嗎？」

「總不能不告訴她們吧，畢竟從以前一直隱瞞到現在。要她們為我們拚命，結果戰爭結束後還要反過來將她們一軍，這種行為……」

「鄰界面臨危機，還非得堅持這一點嗎？」

正常地請求援軍，之後再隨便敷衍一下，消除記憶就好，或是根本別告訴她們。

不過，真夜實在做不到。

「……我在支配者中跟阿莉安德妮和葉羅嘉一樣都是老字輩了。我一直以支配者的身分生活，管理鄰界。每當有新的支配者出現，我都會拚命鑑定她是否值得信任。大家都不知道我醜陋的本性……還與我交好。」

除了過去支配第十領域（Malchut）的「操偶師（Doll Master）」這個例外，大多數支配者都是天真無邪或可靠誠實的少女。

支配者齊聚一堂互相商討事情，無論事情多麼重要——都很開心。

「出現叛徒和被洗腦的人固然令人悲傷，但在白女王出現之前，大家……都很正派。」

真夜表情失望——充滿悲戚。

阿莉安德妮輕聲嘆了一口長氣。一本正經、喜歡書籍，又有些難以親近的雪城真夜，其實是內斂地深愛著少數支配者之間互相交流的少女。

「真夜……」

葉羅嘉出聲呼喚後，真夜便以衣袖擦拭眼角。

「不好意思。總之，如果她們能過來助陣，我自然是很感激、很開心……但我不怎麼想把朋友牽扯進來。」

「我們就無所謂嗎？」

「有所謂，但是……算是命運共同體吧……」

「雪城小姐，妳不想牽連朋友的想法是對的，應該受到尊重。」

岩薔薇突然開口。真夜吃了一驚，微微點點頭。

「嗯、嗯。」

「不過，希望妳記住這一點。當妳感受到友情時，應該要考慮到通常對方也抱持著和妳同樣的想法。」

「唔？」

「反正沒多久妳應該就能理解這句話的含意了。接下來制訂戰術吧，由哪一位下達指示？」

「那當然……是三三妳吧？」

「時崎狂三NO.1。」

「果然應該由妳來下達指示吧。」

「就拜託『我』了。」

所有人的視線都集中在時崎狂三身上。她清了喉嚨後說道：

「那麼，各位——準備決戰吧。」

——第三領域．【通天路】

◇

KNIGHT、BISHOP、ROOK。

白女王源自西洋棋的三名幹部。她們率領著狂喜狂亂的空無大軍，試圖開啟通往第二領域的通行門。

ROOK——不耐煩地催促：

「還沒打開嗎？」

BISHOP——冷靜地應對：

「防護得如此嚴密，看來是做好心理準備了吧，我看也不是其他領域了。既然沒有時間限制，就穩健地處理吧。」

KNIGHT——沉默不語，一副無所謂的樣子呆愣地望著天空。

「KNIGHT，妳覺得呢？」

面對ROOK的提問，KNIGHT冷若冰霜地注視著她，說道：

「……我沒意見。反正總會打開的，有必要動肝火嗎？」

ROOK咂了咂嘴，BISHOP則是點頭認同。

「話說，既然封鎖得如此嚴密，表示對方也準備萬全了吧。我們有對策嗎?該不會貿然進行突擊吧?」

KNIGHT如此詢問後，ROOK頓時不悅地皺起臉，隨後像是想到什麼事情似的嘻嘻嗤笑。

「實在無法想像妳直到剛才還害怕改變，害怕得哭了呢。」

KNIGHT聞言，傻眼地回望ROOK。

「過去是什麼身分對我們有意義嗎?」

自己曾經是誰——如今已經無所謂了。

自己曾經是哪一方——如今已侍奉女王。

自己曾經叫什麼名字——如今已獲得KNIGHT的稱號，這樣就好。

「是沒意義啦……」

「別回首過去，放眼未來吧。開了門後，我們就為了女王盡快殺死所有人吧。所以我才問妳有什麼戰略，我才剛誕生不久，要是妳們兩人靠不住可就傷腦筋了。」

「……KNIGHT說得沒錯。我現在說明作戰策略。」

BISHOP說完，原本一臉不滿地瞪著KNIGHT的ROOK也心不甘情不願地參與說明。

「我們的作戰計畫大概是這樣。」

「妳有什麼見解嗎？」

BISHOP和ROOK說明完戰略，KNIGHT便唉聲嘆了一大口氣。她的表情明顯透露出輕蔑。

「……有意見嗎？」

ROOK不耐煩地逼近KNIGHT，KNIGHT卻滿不在乎地回應：

「意見可多了。這個戰略也太漏洞百出了吧？」

「……怎麼說？」

「就拿左翼部隊散開這一點來說吧，我們是交給這個巨大的複合型怪物負責。不過，一旦『她』暫停時間，就沒戲唱了吧。我們是以在中央指揮的ROOK存活的前提下行動，但ROOK在戰爭開始五分鐘內被殺掉的話不就完蛋了嗎？」

「什——」

「這個嘛……」

ROOK氣得說不出話來，BISHOP則是無言以對。

「ROOK，『對手是她』，妳有信心撐過五分鐘嗎？我們只有戰鬥紀錄，妳已經吃了兩次敗仗，第二次根本是秒殺耶，秒殺。我們強歸強，能力並不會產生變化。妳的〈紅戮將(Vermilion)〉早已徹頭徹尾地暴露了，不是嗎？」

「這、這個嘛……是沒錯啦……」

「……妳在害怕呢，ROOK。就算沒有記憶，卻存在著事實。我們被賜予的共同記憶中，展現出她的駭人之處。」

「……！」

「就憑這種計策，真的能讓我們為女王而戰嗎？」

「……能……當然能！妳懂什麼！我——」

ROOK想不起來自己曾經是什麼人。既想不起來，也無關緊要。只要自己對女王而言是一枚重要的棋子，就令她感到欣喜。

敬愛女王、為女王奉獻，如果能報答她關注自己的恩情，就算犧牲性命也在所不惜。

「是嗎？那我就期待妳能隨意發揮妳那充滿未知數的希望的潛在能力，好好努力嘍～」

於是，KNIGHT輕而易舉地用言語粉碎了ROOK崇高的決心。ROOK本想向前一步，卻因為KNIGHT散發出來的殺氣而停止行動。

「……妳打算自相殘殺嗎？還為女王犧牲奉獻呢，真是令人傻眼。」

「好了，ROOK……KNIGHT也是。我們的戰略的確有漏洞，我們現在就來討論，補足這些缺失。」

BISHOP說完，ROOK也低頭表示反省。

KNIGHT毫不留情地對她們說：

「聽好了。妳們可能因為成為三幹部、實力變強而得意忘形，但我很了解『她』。馬馬虎虎的作戰策略可是會被她看穿，一舉殲滅喔。我們面對的對手是與女王不相上下，最強最邪惡的精靈——時崎狂三。」

KNIGHT如此說完——露出狂妄的笑容。

◇

——信件寄達了。

分別寄給第九領域（Yesod）、第八領域（Hod）、第七領域（Netsah）的支配者及其繼任者。

換言之，就是輝俐璃音夢、絆王院瑞葉、銃之崎烈美，以及佐賀繰唯。寄件人是第二領域的支配者，雪城真夜。

信上註明必須獨自一人拆封。

除了璃音夢，其他人都按照信上註明的，獨自拆開信封。璃音夢原本做出在開放式咖啡廳一邊與朋友和店員聊天一邊打開信封這種匹夫之勇的舉動，後來閱讀信上的內容，便連忙躲進附近的廁所。

真夜信上的文章寫得有些支離破碎。與真夜交情匪淺的璃音夢，以及讀慣完整文章的瑞葉立刻便感到不對勁。

那是求救的信件。

同時也是一封自白書。

說明隱藏在第二領域的祕密，以及隱瞞祕密的理由與現狀。

白女王與她率領的軍隊發現了這個祕密，正打算襲擊第二領域。

……另外，信上還表明：即使我軍戰勝，但「因為我不相信妳們，希望能讓我消除妳們的記憶」。

絆王院瑞葉難掩心中的動搖，站起來想和璃音夢商量。

銃之崎烈美皺起臉，搔了搔頭。

佐賀繰唯認為這麼做倒是十分合乎邏輯。

而輝俐璃音夢則是——

「……蠢不蠢啊！真夜這個笨蛋！」

嘆了一大口氣，離開廁所，邁步全速奔馳。

◇

「我剛才檢驗過保全系統，大概還要花兩小時，這扇門才會被強制打開。」

真夜看著連接第三領域的通行門如此說道，蒼便歪頭發問：

「我們已經準備好了，不開門嗎？」

「既然有兩小時充裕的時間，我希望妳們各隨己意地度過。如果沒有做任何事情的打算，要開門也是可以……」

「別開、別開。我有些話想說，妳們也當作休息兩小時吧。」

葉羅嘉如此說道，現場氣氛便充滿「哎，那就這樣吧」的感覺。

「那麼，真夜還有阿莉安德妮，我們就來閒聊一下吧～～」

葉羅嘉用雙臂緊緊摟住兩人的肩膀後，真夜有些困惑，而阿莉安德妮則是表現出一臉欣喜的反應。

「『我』，妳打算做什麼？」

面對岩薔薇的提問，狂三嘆息道：

「我想一個人獨處，有事再叫我。」

「我知道了。那麼，我也——稍微休息一下吧。」

狂三與岩薔薇背對通行門，剩下蒼、凱若特・亞・珠也兩人加四張撲克牌。

「……這下子有機會找狂三大人說話了……！」

『別去打擾，狂三大人說想要一個人獨處是也。』

『把妳這樣的行為想成是自私便可！』

『應該說，妳和我們說話就可以嚕！』

『請想成我們就是為此出生的～～！』

「……是沒錯啦。我是不是有溝通障礙啊？」

聽見凱若特的抱怨，四張撲克牌彼此對望後異口同聲地說：

『『妳現在才知道啊。』』

凱若特跪倒在地。雖然以前就曾隱約感受到了，沒想到……

「這樣啊……原來我有溝通障礙啊……」

凱若特發誓——要暫時擱下撲克牌，淚流滿面地與螃蟹玩耍。

然後，只剩下蒼一人。

她本來想找人說話，但是不好意思打擾葉羅嘉和狂三，跟凱若特和岩薔薇又不算熟，只好一個人獨處了。

「兩小時，要思考什麼才好呢……」

蒼怔怔地如此低喃。路障已經設置好了，靈裝也調整完畢，如果要練習揮舞〈天星狼〉（Lailaps），保證破風聲會很刺耳。

換句話說，就是無事可做。

由於無事可做，蒼便漫不經心地開始思索一些事情。

自己沒有記憶。不知不覺誕生在鄰界，在鄰界修行，在鄰界戰鬥，在鄰界生活。

該說是容易隨波逐流嗎？堅定的自我能包容一切事物。

戰鬥令自己感到愉悅，與師傅、夥伴一起幹傻事非常開心，不怕豁出性命。

——是嗎？可是啊，蒼，我想那一定是一件很悲哀的事。

師傅篝卦葉羅嘉如此說完，胡亂摸了摸蒼的頭。

從前自己無法理解這句話的含意。不過，現在似乎有些理解了。

狠挫過自己銳氣的少女打算離開這個鄰界。

她很重視過去，因此想抓住未來。

雖然常聽別人說「不要回首過去」這句話，但正因為重視過去，才能看清一些事情吧。

然而，即使仰躺著望向天空，也想不起任何過往。

時崎狂三說她要去現實世界（另一邊）。

那麼，自己該怎麼做呢？

「……『該怎麼做』？」

這句話的意思是：具體而言，我打算做什麼呢？

難道自己下意識早已決定好具體的行動，只是選擇要不要做嗎？

換句話說——

「……原來是這樣啊。」

蒼總算理解了人生重要的選擇就擺在自己眼前。

岩薔薇喜歡花。她認為是因為自己身為時崎狂三的分身陷入特殊狀況所造成的。當然，時崎狂三也不討厭花，反而算是喜歡的。

不過，並不如岩薔薇那般喜歡。

因為對在第三領域被抓、失去一切的她而言，只有花是她心靈的救贖。只有中庭盛開的花朵是撫慰岩薔薇的唯一手段。

被奪走記憶、能力，逐漸失去一切。只有花——

「……啊啊，也是呢……」

岩薔薇終於決定面對早已發現的事實。

她叫岩薔薇。從決定自己名字的那一瞬間起，她與時崎狂三便成為截然不同的存在。

所以，她並未有那種想前往現實世界的衝動。

而是像蒲公英的絨毛般飄浮不定——沒有著落。

岩薔薇心想：是時候該做出決定了。但前提是在這次的戰役中存活下來。

說起來，她根本不知道自己是否有辦法倖存。

不，真要說的話——

「我這一生真是短暫啊。」

岩薔薇不以為意地嘆了一口氣。

凱若特獨自黯然神傷。

「唉……」

『幹嘛一副憔悴的模樣嚕！』

『大概是發現自己曾經在狂三大人面前暴露過短處吧是也。』

聽見撲克牌們毫不留情地吐槽，凱若特狠狠瞪了她們一眼。

然而，確實被她們說中了，因此凱若特也無法反駁。

『不過，看開一點便可！』

『請轉個念頭吧～～！』

「……怎麼說？」

凱若特對撲克牌的這番話感到不解。四張撲克牌湊在一塊兒竊竊私語，猜完拳後，把黑桃A推出來。

『……老實說是也，主人妳把自己繃得太緊了，尤其是在別人面前是也。』

「唔。」

凱若特一副被說中的樣子按住胸口。

『因為精神壓力太大，才會在關鍵時刻出差錯是也。想要求好心切，卻總是事與願違。說實在的，妳根本不適合當支配者。』

「喔……喔喔……竟然把我說得一無是處……」

雖然遭受批評，又有種被一語道破的感覺。

『不過，主人不愧是被選中當支配者的人，實力非常堅強，外表看起來也很有領袖風範。可惜虛有其表。』

「畢竟有溝通障礙嘛……」

『有的準精靈是單純社交起來很累人的那種類型是也。』

「呃，不過狂三大人例外——」

『那是因為妳能放心地站在迷妹的角度暢所欲言是也。要是認真談起話來，恐怕妳馬上就會被打回原形了是也。』

「…………我無法反駁！」

凱若特頹喪地低下頭。黑桃A唉聲嘆息，拍了拍她的肩膀安慰道：

『有什麼關係嘛是也，沒必要硬要與人社交，把自己搞得那麼累。』

「……嗯，妳說得有道理。」

凱若特心想，她可以接受別人用崇拜的眼神看著自己，卻害怕別人與她攀談。甚至想在家裡耍廢時，都怕被別人看見而有所顧慮。

雖然覺得繃緊神經的日子過得很充實，但同時也感覺很耗費心神。

「好。等這場戰役結束後，我——」

『……主人，妳為什麼要說出這種類似死亡旗標的話啊是也。』

「沒關係啦。等這場戰役結束後，我……要宅在家！室內生活萬歲！我在此宣告，我要吃洋芋片配可樂吃到爽，盡情懶散耍廢！才不管別人的眼光！」

『從極端走向另一個極端嚕……』

『反正，想成是傾向好的方面便可！』

『總之，眼前這場戰役請好好奮戰～～！先思考怎麼活下來～～！』

「那是當然！……嗯，定下了一個感覺不錯的目標。努力奮鬥吧！」

凱若特豁然開朗似的朝天空高高舉起拳頭。

雪城真夜、阿莉安德妮·佛克斯羅特、篝卦葉羅嘉三人呆愣地仰望天空。葉羅嘉往杯中倒酒想招待兩人時，卻被兩人斷然拒絕。

「為什麼不喝啊～～」

葉羅嘉賭氣道。真夜搶走她的杯子，回答：

「妳以為我們不知道妳的酒品有多差嗎？」

「就是說呀～～妳一喝醉，通常遭殃的都是我們～～」

「是嗎？」

葉羅嘉目瞪口呆地歪了歪頭。真夜與阿莉安德妮面面相覷，不約而同地發出嘆息。

「她不記得了……」

「是我們太愚蠢，竟然還期待她會記得。」

「喂、喂，我真的完全沒有印象！咦？我喝醉後，酒品真的有那麼差嗎？」

「……哎，先不討論這個了。」

「不，怎麼能不討論，我覺得這是目前最重要的話題了。」

「三人聚在一起，不用爾虞我詐的感覺真好——」

阿莉安德妮一派輕鬆地呢喃，語氣流露出些許寂寥。

葉羅嘉聞言，也點頭表示同意。

「……就是啊。我們三人總是拚命想保守那個祕密呢。」

如今回想起來，已經是非常久遠的記憶了，得知那個祕密時的衝擊、恐懼與猜疑。

「……我懷疑過妳們。」

「我也懷疑過妳們兩個。」

「老實說～～我也是～～」

各自苦澀的告白，如今彷彿化為甜蜜的追憶。

「真夜老是足不出戶，約她出來玩也不出來。」

「……除非準確地知道妳們的所在地，我才敢離開第二領域。」

「葉羅嘉在各個領域到處飛來飛去，有點可疑呢……」

現場一陣沉默。

傳來一聲嘆息。

「我們都沒有背叛呢。」

「早知道就相信妳們了。」

「這麼說就不對了～～真夜。因為根本沒證據能證明我們足以信任，這也無可奈何嘛。」

「——不過……」

真夜用衣袖擦拭眼角。

「我想跟妳們交好，不想懷疑妳們。」

因為對她們心存疑慮與恐懼，才不敢放心遊玩。即使關係親近，心中依然有種不同於親愛的感情蠢蠢欲動。

葉羅嘉聞言後低下頭，想喝酒卻發現酒杯不在手邊，便無奈地嘆了一口氣。她也是相同的心情。真夜潸然淚下，葉羅嘉一臉尷尬地移開視線。

「……不過，事情並沒有發展成最糟糕的地步～～」

阿莉安德妮說道，兩人便抬起頭。

「我們都沒有背叛對方～～……老實說，我曾經想出手，還擬定了計畫～～」

「妳——」

阿莉安德妮勾起嘴角，奸邪地笑道：

「妳們不如趁這個機會坦白吧～～妳們應該有盤算過或是執行過什麼事吧？」

兩人聽了驚恐得挺直了背。剛才沉痛的氣氛煙消雲散，兩人有些尷尬又羞恥地對望。

「……那個……我好像……有去觀察過幾次……第二領域的狀況……」

「好像……試過幾次……要怎麼調節靈力……」

阿莉安德妮「啊哈哈哈哈」地笑了。

「看吧～～每個人都動過歪腦筋嘛～～不過，現在可以拿來當成笑話說嘴了，不是嗎？我說，妳們兩個為什麼沒有背叛～～？」

「這個嘛——」

真夜與葉羅嘉試圖回憶起當時的心情。能讓自己站在鄰界頂端的強大力量就近在咫尺，只要擬定計畫並且執行，獲得這份力量並非痴人說夢。

然而，自己為何沒有採取行動呢？

真夜與葉羅嘉並非無欲無求，兩人都有一定程度的私欲才會有所謀略。

之所以沒有執行到最後一步——

「我呀～～很喜歡妳們兩個～～一想到可能會惹葉羅嘉生氣，或是讓真夜失望～～我就提不起勁～～懶得行動了～～」

「我也是！……我也是這樣，不想讓妳們失望。」

「同右。我也是怕會惹真夜哭，或是讓阿莉安德妮真的發飆。」

阿莉安德妮臉上堆滿笑意。

「就是這麼一回事～～」

沒錯。結果正是因為彼此為對方著想的心意才不允許她們背叛。她們不想辜負對方的信賴，不想做出令同伴引以為恥的舉動。

因為雪城真夜、阿莉安德妮．佛克斯羅特與篝卦葉羅嘉三人都很喜歡彼此。

「雖然疑神疑鬼，卻沒有背叛對方。我認為原因就在於『想相信』彼此的心情～～」

人有時會以懷疑的目光看待自己的愛人與摯友，擔心對方「是否背叛了自己」。不過，這絕對不代表希望對方背叛。

因為喜歡，想相信對方，才會懷疑。

「……阿莉安德妮，妳啊。」

「怎樣～～」

「沒想到妳還挺浪漫的嘛。」

葉羅嘉說完，真夜點頭表示認同，然後兩人同時莞爾一笑。

阿莉安德妮鬧彆扭似的撇過頭，滿臉通紅。

——時崎狂三在思考三個問題。

第一個問題是[redacted]的事。那個想不起名字，曾經見過的少年。唯一能確定的是自己已經離他越來越近。話說回來，為什麼就是想不起他的名字和長相呢？

自己並非不記得所有見過的人，卻唯獨記不起那名令自己陷入情網的少年的臉龐，這未免太荒唐又不合理了吧。

「……不，還是別思考多餘的問題了吧。」

狂三自言自語，進入第二個問題。鄰界既是個夢幻的世界，或許也可說是死後的世界。不過，有幾點令人費解。

有些準精靈擁有臨死前的記憶，有些則沒有。

有些準精靈擁有前塵往事的久遠記憶，有些擁有的則是近期記憶。

狂三和響聽過無數次在旅途中認識的準精靈們聊過這些事。

雖然只不過是猜測，其中包含更多的是自己的期望。但這些令人費解的地方，只消一個假設就能全部解決。

這個鄰界與另一個世界——也就是現實世界，時間軸是有偏差的。與其說偏差，不如說是割裂比較正確。

鄰界確實有過歷史的演變。經歷過精靈存在的時代、精靈消失的時代、準精靈原始的鬥爭、整頓所有領域、支配者勢力抬頭，然後白女王與時崎狂三出現。

這是正確的時間線。不過，每個準精靈「來到鄰界的時間各不相同」。

最初的時間恐怕是鄰界誕生的瞬間，然而之後與現實的時間便產生了齟齬。

有來自與自己相同時代的準精靈，也有明明生活在比自己古早的時代，卻比狂三晚到鄰界的準精靈。

保留現實世界記憶的準精靈，她們的文化圈和時代也大相逕庭。

唯一共通的地方只有都是少女。人種、國家、人生也全都不同。

以前，自己曾經和緋衣響討論過這個謎團。

為何會有來自過去的準精靈來到鄰界的時間比自己晚？

為何會有來自未來的準精靈來到鄰界的時間比自己早？

「——哎，鄰界本來就是神祕的世界。與另一個世界……現實的時間軸是割裂的應該也不足為奇。」

響用鼻子和嘴脣夾著原子筆，如此說道。狂三心想：她說的話還挺有幾分道理的，所以希望她別擺出這種愚蠢的表情。隨後又覺得還挺像響一貫的風格，便不把這件事放在心上了。

「怎麼感覺我剛才平白無故挨了罵？」

「妳多心了。話說，為什麼妳認為不足為奇呢？」

「首先，這個世界並非事先就早已存在。地球是在四十六億年前誕生的吧？然後，智人是在二十萬年前成立。那麼，這個鄰界……我想想……創立大概不到一百年吧。」

「……說得也是。」

響估計鄰界的歷史大約是三十到五十年左右。

「所以，這裡是嶄新的世界。嗯～～新天地！所以，問題就在於為何每個準精靈都來自截然不同的時代。」

響默唸了一下，用原子筆在空中描繪。

凝聚靈力，具體顯現出的是與現場有些不搭調的物體。

「呃……這是什麼？」

也難怪狂三會感到困惑，因為那是小型的軌道模型。

「用來說明的物體。把這個大型的長軌想成是現實時間，這個小型的短軌是鄰界時間。」

狂三點了點頭。響將兩輛列車分別擺在各自的軌道上。

「然後這是『時間的流動』。時間是單向行駛，都在兩條軌道上前進。這樣了解吧？」

「是啊，當然了解。」

「這兩輛列車並列移動，體感速度都一樣。一秒是一秒，一年是一年。然後——」

響讓列車行進到軌道正中間，從大列車到小列車，用原子筆畫出幾條線。

「現實世界與鄰界並非平行線，而是有許多細小的線相連結。鄰界編排（Compile）就是最好的證明。那是來自現實世界的呼喚聲。」

響扔下原子筆後，用手指描繪那些線。

「除了鄰界編排，還有另一個證實與現實相連結的就是……」

「準精靈，對吧。」

「沒錯。準精靈就是這樣從現實來到鄰界的。這時，時間線完全亂七八糟。線並非平行的直線，而是有角度地伸向鄰界。」

「為什麼會這樣呢？」

「我剛才說過體感速度是一樣的，對吧？但相對速度可能有所不同。」

「……？」

狂三歪頭表示疑惑。響呢喃著「哎呀，真可愛」，用雙手拿起兩輛列車。一手慢速移動行駛在現實軌道上的列車，一手則快速移動行駛在鄰界軌道上的列車。

「現實世界的人口遠比鄰界多，所有要素複雜地纏繞在一起，具有嚴密的物理法則，靈力薄弱，對吧？相較之下，鄰界就非常隨便，畢竟連應當遵從物理法則的肉體都靠不住。」

「可是這麼一來，鄰界與現實不就越拉越開了嗎？」

「不會，這些線會防止這種情況發生。考慮到現實與鄰界的大小差異，緩慢的現實經常牽引著鄰界。打個比方……巨大的現實所扮演的就像是船錨那樣的角色。」

「原來如此……」

「……可是……如此一來……」

響欲言又止。

「妳想說什麼？」

「……不……沒有。總之，狂三妳要小心一點。飛往現實時，要是使錯力——」

「可能會飛到遙遠的過去或未來，是嗎？我會小心的。不過，也不知道是否靠掌控力氣就能順利如願就是了。」

「也是～～」

響哈哈大笑，關於鄰界時間的探討就到此結束。

雖然害怕會飛到不同時間軸的過去或未來，但這種事情到時候再思考就好。

……然後是第三個問題。

「響。」

狂三按著眉心，一副頭痛的模樣。第一、第二個問題只能交給時間來解決，但第三個問題不僅時間緊迫，狀況還十分棘手。

「準備已經就緒」。

說起來，響會拿來當作自己的弱點是理所當然的事。狂三並不相信敵人白女王會心存善念，

反而認為她百分之百心存惡意。

她抓住響後會怎麼處置？

最有可能殺掉或是當作人質。不過，這兩種選擇都屬於下策。既然要殺，就沒必要活捉；就算把響當作人質，狂三不會也沒打算就範。因為若是她屈服，便滿盤皆輸。

不過，在女王沒有當場殺掉響而是選擇活捉她時，狂三便看穿了女王的意圖。

ROOK、BISHOP、KNIGHT。

追隨女王的三幹部是使用女王的能力【蝕之彈】產生出來，擁有異形戰鬥能力的軍隊。

只要女王朝空無射擊【蝕之彈】，她們便會「羽化」成三幹部。

而這一招恐怕也對緋衣響有效吧。比起西洋棋，更像將棋，女王會濫用被吃掉的棋子。

「……我猜想的應該不會錯。」

以女王的思維來想，這種手段比較合理。幾乎能確定女王會把響送進軍隊，投入最終決戰。

只是「幾乎」，女王會一時興起殺了響的可能性也不低。若是女王的惡意超乎預料，或許殺了響才是最好的策略。

……麻煩就麻煩在殺了響才是正確的做法。

若是緋衣響被殺，無疑是時崎狂三的敗北。不過，戰局已經開始了。

只能硬著頭皮即興演完這一生一次的大戲。

而且，前提是還必須相信緋衣響即使屈服於女王，仍舊將「重要的東西」烙印在腦海裡。

「哎呀、哎呀。」

狂三嘆了一大口氣。因為平常總是能讓自己冷靜的她不在，令狂三心亂如麻。

時間繼續流逝。

經過了兩個小時，第二領域成為戰場的時刻來臨。

◇

通往第二領域的門開啟。

映入眼簾的是書籍，以及收納書籍的書架所形成的地板、牆壁和天花板。看見這某種程度甚至可說是偏執狂的內部裝潢後，KNIGHT嘻嘻笑了笑。

士兵們遵照三幹部的指示，列隊前進。

「看來沒有陷阱。」

「是放棄抵抗了嗎？」

「啊哈哈哈哈，怎麼可能～～」

KNIGHT一口否定ROOK和BISHOP說的話。道路筆直無岔路，沒有遇見任何人。

不過，能立刻感覺到她們的氣息。

「……有人在呢。」

「看吧。」

ROOK神情緊繃。只要白女王尚存，自己的存在就不會消失。她要是使用【蠍之彈】，就會誕生下一個ROOK。

然而，此刻ROOK已喪失自我意識，雖然畏懼死亡，卻害怕無法為女王盡一分心力。

一行人走下通往地下的階梯。光線逐漸減少，變得有些昏暗。ROOK看著一邊哼著歌前進的KNIGHT，並皺起臉。

ROOK與BISHOP同為醉心於女王之人。

然而新生的KNIGHT並非如此。說話語氣十分輕鬆，彷彿對女王不抱持絲毫敬意。兩人曾向女王提出忠告，質疑KNIGHT可能會造反。

不過——針對這個提議，女王只回以淺淺一笑。這名KNIGHT身分特殊。

正因為是同伴，才令人嫉妒。

而察覺到兩人視線的KNIGHT傻笑道：

「怎麼了？我有什麼問題嗎？」

「沒有……」

「放心吧，不可能會發生各位擔心的事。我侍奉女王，要消滅時崎狂三。『既然如此規定，我便會如此行動』。來吧，讓我們大開殺戒吧！」

KNIGHT拔出劍，筆直地在地下通道前進。

在前方等著的是災厄的化身，若無其事散發出強烈殺氣的實體惡夢。

與其說是精靈，更像是死神佇立在眼前。

那便是時崎狂三。

「——歡迎光臨呀，各位。」

聽見她的聲音，ROOK、BISHOP、KNIGHT上前一步，站到空無軍隊的前方。

「哎呀，女王不親自上陣嗎？」

「馬上就到。在我們將妳們全部殺光之後。」

ROOK說完，狂三欣然自樂地嘻嘻笑道：

「真會開玩笑。妳們以為湊齊人數就能左右戰局嗎？」

「沒錯～～」

KNIGHT上前一步。狂三毫不避諱地皺起臉。KNIGHT見狀，愉悅地勾起嘴角。

「由我來與妳廝殺。哎呀，奇妙的是，妳將專注地對付我，無心顧及他人。那麼，剩下的人不就只有死路一條了嗎？」

「……原來如此，妳們是這樣『盤算』的呀。這做法夠陰險，很有女王的風格。」

聽到狂三放肆的言論，ROOK和BISHOP可沉不住氣，面露慍色。

「妳們兩個都別插手，這是我和她之間的問題。」

KNIGHT舉起劍，制止本想上前一步的兩人。

「按照作戰計畫，由我來絆住她，妳們去殺其他人。我可不會再說第二次。」

「……知道了。」

「了解。」

ROOK與BISHOP不情不願地望向占據狂三後方的準精靈們。

外號碎餅女（Biscuit Smasher）的蒼、支配者阿莉安德妮・佛克斯羅特、凱若特・亞・珠也，以及她們背後的篝卦葉羅嘉。

最後方則設有完全阻擋通道的路障。路障上方站著第二領域的支配者雪城真夜與另一名時崎狂三。

人數就只有這些。

各人的實力再怎麼突出，也沒有勝算。唯一的疑慮果然是時崎狂三吧。

「那我來自我介紹一下。我是KNIGHT，是侍奉女王的三幹部之一。」

「哎呀哎呀，感謝妳如此有禮的發言。我是時崎狂三。」

狂三優雅地屈膝行禮後，朝拿劍指著她的KNIGHT露出溫柔愉悅的笑容。

「……原來妳會這麼笑啊。」

「是的。在這種狀況下，我的自尊不允許我露出——走投無路的笑容。」

「這可難說。這種狀況已經不是能一笑置之的程度了吧，『因為妳將和我交戰』。」

狂三輕輕吸了一口氣，然後憋住。

目不轉睛地狠狠瞪著KNIGHT。

不知不覺間，KNIGHT也褪去笑容，停止呼吸。宛如時間靜止的感覺令狂三背脊一陣發涼。

她有種自己會被殺掉的預感，確定眼前的少女擁有無與倫比的戰力。

「話說——」

KNIGHT開口，同時一個箭步上前。狂三因為仔細聆聽KNIGHT接下來會說什麼話，反應稍微慢了。

雖然耍了個小花招，但憑KNIGHT的體能，還是有可能攻其不備。

一刀，一斬。KNIGHT幻視到狂三本應被攔腰斬成兩半的光景。

然而——

「哎呀、哎呀、哎呀，我真是太大意了。」

「哎呀……」

象徵〈刻刻帝〉的兩把老式手槍交叉擋住了KNIGHT的劍。

狂三一個轉身，KNIGHT便以令人驚嘆的手段攻擊她。側頭部受到的衝擊令狂三有種腦袋麻痺的感覺。她使出一記漂亮的後迴旋踢，雖然並未對KNIGHT造成多大傷害，至少對她起了威嚇的作用。

「竟然……用踢的……嗎？」

KNIGHT一臉啞然地問道。看見她那熟悉的表情，狂三淺淺一笑。

——啊啊，真的是最終階段的勁敵呢。

狂三在內心自嘲，拉開了戰爭的序幕。就像魔法咒語般，非常適合這個戰場。

「來吧，開始我們的戰爭（DATE）吧，KNIGHT。」

——〈刻刻帝〉。

狂三驅動天使。

「好！那麼，為了女王——不對，『是為了我』！就請妳奉陪這場廝殺（DATE）吧！」

——〈王位篡奪〉。

KNIGHT啟動自己的無銘天使。

它並非一把巨大的鉤爪，而是化成了一把長劍。

就這樣，精靈與騎士展開激烈的搏鬥，開始了關乎鄰界存亡的戰爭。

○戰士們沒有明天

蒼從一開始就沒把ROOK和BISHOP放在眼裡。能大範圍發揮最大火力的她遵從狂三「專心消滅空無」的指示，筆直地朝千萬大軍吶喊：

「受死吧。」

揮落的戰戟粉碎大地，形成低谷，吞噬空無。

每揮舞一次，最少粉碎一名，最多粉碎八名空無，致使她們消滅死亡。

甚至沒給她們尋找反擊機會的空閒。蒼是小型颱風、龍捲風，等於是個黑洞。光是待在周圍都會無條件喪命。

不過，空無本來就無懼死亡。她們早已失去個人的思考，將眾人的思考連結在一起，形成龐大的網路，發揮集體智慧。

因此，她們做出了以下結論：

以眾克寡就好，遲早會有人承受不了而崩潰。

包圍住蒼的空無軍隊獻上性命只為造成她毫髮的傷害，就這樣，蒼受的傷會越來越多。

如果將蒼比喻為一頭巨大的野獸，那麼空無便是行軍蟻。而數量眾多又凶猛的行軍蟻擁有凌駕野獸的暴力性。

阿莉安德妮．佛克斯羅特與凱若特．亞．珠也互相保護彼此，堅實地繼續戰鬥。

以閃耀的撲克牌與閃亮的銀線準確恰當地解決逼近的空無軍團。

「阿莉安德妮，她們過去妳那裡了！擋住她們！」

「討厭耶，煩死了～～！」

阿莉安德妮一邊嘆息一邊奮發地揮動雙手。

「無銘天使〈太陰太陽二十四節氣〉——一太刀．石火星霜！我要橫向攻擊，低頭！」

凱若特快速壓低身子後，阿莉安德妮操作的水銀線便描繪出螺旋狀，糾纏在一起，化為一把刀。阿莉安德妮舉起它，往橫向一掃。

阿莉安德妮．佛克斯羅特的無銘天使是水銀線。她能自由操作水銀線，構成所有形狀。

形成刀、網或是鞭子。

順帶一提，製造出來的物體絕非不可變動。

「伸長吧～～！」

阿莉安德妮一聲令下，刀身便如同蛇一般蠢動，伸長成一倍，瞬間斬斷位於刀身外側的空無軍隊。

「……削掉我的頭髮了啦！」

「妳閃避得華麗一點啦～～妳不就是以這種形象出名的嗎～～！」

阿莉安德妮無情地反駁凱若特的抗議。

「形象跟現實是兩回事吧！應該說，通常不都是等人低頭後再砍嗎！砍的同時叫人低頭，反應當然會慢吧！」

「……」

「喂，別沉默，這樣反而很嚇人耶。」

「啊哈哈哈哈！」

「別笑，這樣更恐怖了！」

「抱歉、抱歉。」阿莉安德妮一邊道歉一邊揮動水銀線。老實說，狀況令人絕望。即使能戰勝，也要做好會犧牲一兩人的準備。

而阿莉安德妮確信自己大概是屬於犧牲那一掛的。

她選擇了怠惰。不像真夜那樣為了保守祕密而行動，也不像葉羅嘉那樣試圖讓狀況有一丁點好轉，而是決定不看不聽。

不久前，她還能引以為傲地認為怠惰是正確的做法。不過，像這樣陷入危機後，她才重新思考：

自己當初應該能盡己所能做一些力所能及的事。

真夜和葉羅嘉都在統治自己領域的情況下，拚命保守祕密。

自己卻毫無作為。

她感覺自己得到了「現世報」，此時此刻必須付出代價。這令她自我厭惡，但同時也放鬆了心情。

——自己要在這裡戰鬥至死。

她如此下定決心。決定之後，心情便輕快了許多，也久違地睡意全消。

她心想：是時崎狂三害的嗎？那人是暴風，會連累、驅散附近的人，將一切弄得亂七八糟。

照理說會讓人想大罵「開什麼玩笑」——

然而不知為何，心裡卻浮現感謝的念頭。

「喂！」

聽見凱若特的聲音後，阿莉安德妮立刻察覺到狀況。一名空無悄悄來到她身後，即使身體被砍成兩半依然步步逼近。

阿莉安德妮微微一笑，將靈力輸入自己攜帶的靈晶炸藥。

Nitro Dress

「啊——」

不過，距離太近了。炸藥已經點燃，無法斬斷導火線。不到一秒的時間，阿莉安德妮就會受

到爆炸的衝擊波襲擊吧。不知是否來得及張開水銀盾，總之先盡全力張開吧。

根據判斷，會有點來不及。阿莉安德妮心想：這可就傷腦筋了。這場戰役還久得很，必須繼續奮戰下去，要是在這裡喪命——就太對不起其他人了。

……好想活下去。

想再繼續戰鬥一會兒，必須戰鬥下去不可。

痛切的感情貫穿全身——宛如被落雷擊中的心情。可是，來不及了。

不到一秒，靈晶炸藥便會爆炸。

不到一秒。

不到……一秒——？

「〈刻刻帝〉——【七之彈(Zayin)】。」

「時間停止了」。靈晶炸藥沒有爆炸，被斬成兩半的空無還來不及見證結局便煙消雲散。

「〈太陰太陽二十四節氣〉——茨葛！」

阿莉安德妮立刻用創造出來的水銀鞭纏繞住炸藥，扔向空無軍隊。

時間開始運轉——發生大爆炸。

看來自己似乎還活著。剛才那是時崎狂三的天使〈刻刻帝〉——讓時間停止的子彈。

回過神來，發現自己還能戰鬥，活動身體，接二連三打敗空無。

「沒事就好！不過，勞煩狂三大人出手相救，可就有點不可原諒了！」

「我知道啦～～！」

黑桃A有些傻眼地聳肩說道：

『別在意，她只是嫉妒妳被狂三大人救了一命而已是也。』

「別挖人瘡疤挖得又狠又準好嗎！我是不會給狂三大人添麻煩的！」

『啊～～因為同班同學對資優生都沒留下什麼印象～～』

「為什麼我的撲克牌要一直刺傷我的心啊，王八蛋！」

眉清目秀的缺陷少女凱若特自暴自棄地吶喊，泫然欲泣地衝向空無們。

『想成是無可奈何便可！』

『只要不開口，就是個天下無敵的男裝少女……為何我的主人會是這副德性啊是也。』

『總不能對她見死不救吧。各位，請努力奮戰吧～～！』

撲克牌們意氣揚揚地邁步奔馳。

有人拍了一下阿莉安德妮的肩膀，她回過頭後，便看見篝卦葉羅嘉遞給她一張符。

「休息一下，妳應該累了吧。這裡交給我應付。」

「啊～～嗯，我去休息～～」

原本打算奮戰到死的阿莉安德妮自然認為不需要休息，但若要繼續戰鬥，休息是必要的。

她移動到後方稍作喘息。

還能活著的安心感滲透全身。雖然只休息不到一分鐘的時間，總算能呼吸的阿莉安德妮再次回歸戰線。

話說回來……阿莉安德妮瞥了狂三一眼。

時崎狂三的〈刻刻帝〉——擁有超級特異的功能，能讓時間插入世界，使阿莉安德妮獲得超過一秒的時間。

不過，真正駭人（不，應該稱讚為出色才對，但對阿莉安德妮而言，這算是讚美之詞）的並非如此，而是時機。

哪怕晚一秒都來不及。當時的狀況十分危急，就連身為當事者的阿莉安德妮察覺到致命危機時，炸藥一秒後就要爆炸。

而她竟然能在與其他敵人戰鬥時掌握狀況，立刻選擇自己該做的行動，瞄準一點射擊。

這絕技已經凌駕於凡人，猶如魔人了。

而阿莉安德妮因此得救。

「……謝啦～～！」

阿莉安德妮吶喊道；狂三沒有回答。不，正確來說，是沒有閒暇回答。

雙方已經是單純的速度較量。

KNIGHT靈巧地操縱刀身歪曲的長劍，而狂三則是以老式手槍擋開她的攻擊後，再零距離開槍。

雙方在攻擊力、防守力與速度上幾乎是勢均力敵。既然如此，在近身戰的狀況下，應該對狂三較為不利。

不過，她的能力輕易便顛覆了這個劣勢。她將老式手槍當作劍來使用，搭配零距離射擊，不費吹灰之力便占了上風。

「……喝！」

狂三心想——KNIGHT的攻擊越來越猛烈的同時也越來越有條理，耍劍的姿態爐火純青。不是胡亂揮劍，而是使用有體系、有條理的招式和架勢。

「是德式武術……對吧。」

「虧妳知道！」

德式武術據說成立於十四世紀左右，以長劍的招式為基礎。如果狂三記得沒錯，德式武術最注重在戰鬥中掌握主導權。

KNIGHT擺出「屋頂」的姿勢——將劍舉過頭，也就是日本所說的八雙劍姿，開心地說道：

「沒想到妳竟然知道德式武術。」

「嘻嘻嘻。」

說到為何狂三如此了解，是因為有段時期她「經歷過許多事」。至於是什麼事嘛，因為牽扯到個人隱私，就別再深究了，那可是會踩到她的大地雷。狂三希望對方能夠識相點。

KNIGHT打算繼續戰鬥，沒有接著聊下去的意思。狂三打從心底鬆了一口氣。

「那麼──我要上嘍！」

KNIGHT氣勢洶洶地衝上前，將長劍一揮而下。面對稱為憤擊的劍技，狂三一邊側過身一邊將長槍橫向揮去。

確信狂三會閃過自己攻擊的KNIGHT立刻決定更換招式。受到對方反擊在德式武術中是屬於基礎應對，自然也存在應付反擊的招式。

現在就算KNIGHT揮劍也砍不到狂三。相反地，用長槍反擊的狂三將槍口筆直地指向她。只要扣下扳機，KNIGHT就會中槍。雖然挨個一槍不至於喪命，但她還是想盡量避開。

（──既然如此！）

KNIGHT並非靠思考或本能立刻應變，而是靠豐富的經驗。她一邊注意狂三握槍的手，一邊以「畫圈」的方式捲動長劍。

注意狂三握槍的手是為了避免看漏扣扳機時的細微舉動。狂三扣下扳機──但KNIGHT的速度更快。

晚了零點幾秒，導致狂三的槍擊無效，同時讓KNIGHT的斬擊變成一記痛擊。

「……！」

KNIGHT的斬擊只是掠過狂三的手臂，濺起一絲鮮血，噴到KNIGHT的臉上。

「呼——啊啊。」

血的甜味令她心神陶醉。

她喜歡時崎狂三的血。

「來吧、來吧，來戰鬥吧，時崎狂三！」

聽見這聲呼喚，狂三露出片刻奇怪的表情，像是悲哀，像是憤怒，又像是憐憫。KNIGHT有些退縮，但立刻說服自己是多心了，血氣方剛地舉起大劍。

「〈王位簒奪〉——！」

KNIGHT所持的長劍同樣叫作〈王位簒奪〉，但是外形與已經粉碎的鉤爪完全不同。那是緋衣響以前的無銘天使，擁有驚人的超強能力與凶惡的外形，攻擊力卻超廢。

「……原來如此。KNIGHT，妳這是在主張自己是『緋衣響』吧。」

「沒錯，就是這樣～～！」

KNIGHT——緋衣響勾起嘴角，露出陰森的笑容頷首。

狂三無奈地嘆了不知第幾次的氣。

「那麼，我就不得不阻止妳了。KNIGHT，我讓妳選擇吧。」

「選擇……？」

「看妳是要歸降於我，還是被我殺掉，二選一。妳要選哪一個，KNIGHT？」

面對狂三的提問，KNIGHT嗤之以鼻。

「結局只會是妳死在我的手上～～！」

KNIGHT衝上前，再次擺出「屋頂」的姿勢，將長劍一揮而下，使出憤擊。狂三迴避的同時，打算迎擊而舉起老式手槍，但KNIGHT在途中更換招式。

她看穿狂三的防禦與彈道，踩著舞步移動自己的位置，並且從由上而下的縱向斬擊改成橫向攻擊，砍進狂三露出的破綻——左腋下。

「……！」

狂三的子彈飛向預料之外的方向。狂三利用子彈的反作用力橫向一躍，使得朝左腋下的斬擊劍尖只掠過她的皮膚。

不過，這一擊帶給狂三超乎想像的痛苦。

「這是……」

體內溢出東西。不是鮮血，「而是靈力」。不對，是被強行奪走了……？

「這就是我的能力。每當妳受傷，靈力也會漸漸被奪走。」

正如她所說，KNIGHT原本挨了幾槍受傷的身體已完全復原。

「妳儘管開槍沒關係。我這個人非常謹慎，只要慢慢讓妳受傷就好，就看妳要花多少時間才能殺掉我了。希望妳的同伴們別在這段期間喪命了～～」

惡毒的嘲弄——時崎狂三對她的挑釁嗤之以鼻。

「要打倒妳，不需要花多少時間。」

狂三舉起老式手槍，高聲宣言：

「〈刻刻帝〉——【一之彈（Aleph）】！」

加速。KNIGHT還來不及反應，狂三便以迅雷不及掩耳的速度衝上前，將槍口指向還在驚愕狂三速度之快的KNIGHT的眼前——

篝卦葉羅嘉撒出靈符，俯瞰戰場。多虧蒼大鬧一番，凱若特與阿莉安德妮才能以較為沉著的狀態應付敵人。

不過這是因為她們應付的敵人只有空無才勉強達到平衡。

葉羅嘉操縱靈符，尋找「她們」的行蹤。三幹部——ROOK與BISHOP。

既然KNIGHT正在與狂三交戰，就不成問題。要是連狂三都打不過KNIGHT，恐怕任誰都打不過吧。

問題在於三幹部剩餘的兩人，竟不知不覺消失了蹤影。

〈真夜，有人到後方去嗎？〉

〈……沒有，沒人。這邊只收拾了幾個漏網之魚的空無。〉

真夜回應葉羅嘉的心電感應。

〈派岩薔薇前往增援也沒問題。葉羅嘉，妳覺得呢？〉

〈我沒看見三幹部中的ROOK和BISHOP。〉

〈……她們不在這裡。〉

〈可是，她們沒道理不行動。我覺得事有蹊蹺。〉

〈該不會……是在等白女王吧？〉

〈可能是。不過，這樣的話就更令人費解了。為什麼女王還沒有出現？〉

堅守在路障後方的真夜聞言，歪頭表示不解。

〈這……我也不知道。〉

無論現在如何拚命搏鬥，只要女王一來，形勢便會立刻逆轉。空無軍隊會狂熱地共同奮戰，三幹部也會一再死而復生。

〈……搞不好是在警戒時崎狂三。〉

〈啊～～果然是因為這樣啊……〉

〈如果不確實掌握她的動向、能力和戰略，就無法完全取得勝利。〉

白女王不可能害怕自己這些支配者。假如她會害怕，那個人只會是曾在第三領域對她報了一刀之仇的時崎狂三。

雖然狂三當時帶著苦澀的表情說道：「拿足球比賽來比喻的話，那就像是從頭到尾被人進攻，直到最後一刻才得到一分，追成平手，根本不算贏。」但對自己這些人來說，這樣也已經是奇蹟了。

〈如此一來，她有可能採取的行動是——〉

真夜恍然大悟，望向狂三。有個人正悄悄接近與KNIGHT一對一廝殺的狂三。

〈葉羅嘉！三幹部的ROOK出現了！她盯上了時崎狂三！快去支援她！〉

〈好，了解！〉

戰局從初期慢慢開始產生變化。第二回合，開始。

◇

——好強。

就好比暴風，這攻擊能窺探出狂三的真本事與瘋狂。【一之彈】加速與【二之彈】減速交織，單方面打得對方無法招架。

與其說施虐，不如說是有邏輯地不斷使出為了殺死KNIGHT的最佳招式。

——這樣下去可就不妙了～

當然，KNIGHT也並未坐以待斃。她操縱〈王位篡奪〉不斷傷害狂三，吸引她的靈力。不過，狂三立刻使用【四之彈】修復傷口，將靈力損失控制在最低限度。

KNIGHT的無銘天使能力是持續從傷口吸收靈力，但只要傷口癒合，便英雄無用武之地。

即使如此，狂三的靈力依舊只減不增，估計減少了約一半。若是再被吸取靈力一會兒，恐怕便會陷入無法顯現〈刻刻帝〉的狀態。

KNIGHT的目的就在於此。

之前不過是徹底牽制她的一種手段。KNIGHT重新舉起劍，狂三再次進行突擊——的前一刻，突然停下腳步。

「嗯～～」

她如此呢喃，一臉疑惑地注視KNIGHT。

「……怎麼了？」

「不，該怎麼說呢？跟妳交手真是沒勁呢。」

「妳嘴巴也太毒了吧～～！」

「那麼，應該可以合理懷疑妳是有什麼目的吧。我沒有感受到女王的氣息，妳也沒有犯下集體攻擊我的蠢事。」

KNIGHT心想：那是當然。狂三的另一個能力是〈食時之城〉，吸收時間來補足使用〈刻刻帝〉時所消耗的時間。

不過，也不是沒有對策。首先，不要在她周圍部署一群蝦兵蟹將的空無就好。發動〈食時之城〉會產生時間延遲，射程距離也不遠。KNIGHT知道絕對足以迴避。

「如此一來，妳的目的就只剩一個了。」

狂三奸邪一笑。

「——ROOK！」

KNIGHT大喊。這時，從死角飛出的是……

「燃燒吧。」「閃耀吧。」「分開吧。」「飛翔吧。」

一把紅色巨鐮——原色的無銘天使〈紅戮將〉。

它在熊熊燃燒的情況下分裂，包圍住狂三，堵住所有退路。

「〈刻刻帝〉——【一之彈】、【二之彈】！」

狂三朝自己射擊【一之彈】，讓全身加速後，立刻朝三成飛來的鐮刀射擊【二之彈】，減緩

它們的速度。

然後擊落所有鐮刀。

「……！」

ROOK瞠目結舌。

她驚嘆的並非狂三的能力或槍技，而是判斷力。不僅認知到「只要阻止三成就能擊落所有鐮刀」，還將〈刻刻帝〉的使用控制在最小限度。如果害怕浪費時間而減少射擊【二之彈】，便無法徹底解決所有鐮刀。不過，若是使用更多子彈，便會浪費時間。

毫髮無傷、節省時間、既快速又有效率地迴避ROOK攻擊的時崎狂三，實力遠比過去交手時更強了。

「用【蠍之彈】重生後怎麼反而——」

狂三回過頭與ROOK四目相交，令ROOK背脊一陣發涼。她並非害怕死亡，而是畏懼時崎狂三本人。

狂三笑著說道：

「ROOK，妳也沒什麼了不起的嘛。完全沒有成長，那女人一定對妳感到很失望吧？嘻嘻嘻嘻嘻。」

「……妳這傢伙！」

如今憤怒更勝於恐懼。狂三從正面以短槍射擊，阻擋攻擊。

然而，氣得失去理智的ROOK不把子彈放在眼裡，自顧自地接近。

她舉起〈紅戮將〉揮下、橫掃、斜砍，以高速切碎空間。不過，狂三在斬擊快要命中時，哈哈大笑著閃開。

「KNIGHT！抓住她！」

「是、是～～交給我吧～～！」

KNIGHT語氣一派輕鬆地衝進狂三懷裡。儘管斬擊的數量加倍，狂三依然神色自若地在千鈞一髮之際躲開攻擊。

不僅躲開，她那開槍射擊與假動作交織行動的模樣，宛如翩翩起舞般優美。

KNIGHT一個人打不過狂三，ROOK加入依然無法戰勝。既然如此，她們只好投入最後一個人。

雖然丟臉——但三幹部實在打不過從容不迫地閃避兩人斬擊的狂三。於是派出BISHOP參戰，進入第二階段作戰。

「BISHOP。」

聽見ROOK的呼喚，BISHOP從暗處滑溜地現身。

「——了解。」

「哎呀、哎呀、哎呀，第三人出現了。」

狂三暫且拉開距離，看著聚齊的三幹部，莞爾一笑。

BISHOP——藍髮少女、ROOK——黑髮少女、KNIGHT——白髮少女，三人手持的無銘天使分別是刺劍、巨鐮、長劍。

「那麼，妳們三人一起上吧。」

狂三朝三人勾了勾手。於是，ROOK表情猙獰；KNIGHT面帶微笑；BISHOP則面無表情地各自發動攻擊。ROOK衝向狂三；KNIGHT突擊；BISHOP從死角下手。

狂三活用所有應付先發制人、閃避、防禦、反擊的手段對抗三幹部。狂三擋下所有攻擊，並未受到致命傷，不過三幹部也幾乎毫髮無傷。

雙方都認為這是場「與時間的對決」。

「〈刻刻帝〉——」

「才不會讓妳得逞！」

三人以無論狂三射擊【一之彈】或【二之彈】都能應對的方式接近她，只要有人的攻擊能命中狂三就好。狂三自然無法進一步攻擊。

只要三幹部的KNIGHT是緋衣響，她便無法展開攻勢。

因此，三人讓KNIGHT打頭陣，BISHOP和ROOK在後方支援。

每當KNIGHT在狂三身上留下傷口，靈力便會從傷口流失；每當狂三使用〈刻刻帝〉，時間便會漸漸減少。

然後，等事態來到無可挽救的地步，女王再堂堂登場，取下時崎狂三的首級，實現夢想。

——就結論來說，這個策略已經失敗。

原因有好幾點，不過最大的理由在於——誤判了時崎狂三。

狂三明白失去的恐懼，過去的經驗讓她理解採取什麼樣的行動會失去重要的東西。

她長期保持著一旦猶豫便會死亡，一旦畏懼便會喪命的生活方式，猶如走綱索般的人生。那是本體的記憶，也烙印在分身的過去之中。

因此，時崎狂三冷靜慎重地保持理性的思考，拚命洞察事情的本質。

這是場與時間的對決——必須在〈刻刻帝〉無法使用之前執行作戰計畫。狂三壓抑內心的焦躁，跳向後方拉開距離。開口說話，制止試圖追上來的三人。

「啊啊，啊啊。已經夠了。」

「……什麼……？」

狂三朝一臉疑惑的ROOK笑道：

「該怎麼說呢？這點子是誰想的？肯定不是響吧，她對我的個性瞭如指掌。」

「呃……我完全聽不懂妳在說什麼耶～～」

「那我就告訴妳吧。KNIGHT，妳不是響吧？」

KNIGHT突然停止動作。

「妳怎——」

「怎麼會知道」。KNIGHT反射性地差口脫口而出，最後將後面的話嚥了回去，但這無疑等於是默認了。KNIGHT就只是KNIGHT，沒有其他身分。無銘天使的名字叫作〈黃昏的血劍(Twilight Bringer)〉，而非〈王位篡奪〉。

然後改變長相、模仿說話語氣，假裝自己本來就是緋衣響。

藉由這個方式讓自己處於安全的位置。只要狂三以為KNIGHT是響，她就無法反擊。於是，狂三的靈力就會持續被搶走。

「哎……這點子是不錯啦。雖然有些令人費解的要素存在，但不得不讓我暫時靜觀其變。」

「令人費解的要素……？」

「如果KNIGHT原本真的是響，那麼站位安排得未免也太奇怪了。」

原來如此。只要狂三以為KNIGHT是響便難以出手攻擊，所以讓她站在前面。到此為止是正確的。不過，若是成為別人的盾牌，那可就另當別論了。

「如果KNIGHT是響，她是妳們三人中最重要的一個，『不可能為了保護其他兩人而行動』。只要女王一到場，多的是棋子可以取代ROOK和BISHOP，根本沒有犧牲KNIGHT來保護她們的價值。」

KNIGHT打頭陣當盾牌與她打算保護其他兩人的行為看似相似，概念卻截然不同。

前者具有意義，後者卻沒有價值。

「如此一來，至少能得出KNIGHT不是響這個結論。反正……妳們那麼『小氣』，一定不會回答吧。『哪一位才是緋衣響呢』？如果妳們願意回答，我就讓妳們死得快活一點。反正還會死而復生嘛。」

面對狂三的挑釁，她們雖然火冒三丈，但絕不會上當。

她們鼓舞自己還不到時候，再等一下，女王便會凱旋歸來。

「既然如此，我只好擊碎從剛才起就令人感到心煩的傢伙了！」

狂三如此告知後，同時開始展開猛烈的攻擊。

KNIGHT猶豫了一會兒，認為這是自己的職責便挺身而出，接受狂三的攻擊。使用無銘天使〈王位篡奪〉，更正，是〈黃昏的血劍〉，試圖讓狂三受傷。

她很害怕。並非害怕死亡，而是害怕死得一文不值。狂三輕而易舉便看穿了她們的計謀，她還沒為女王立下汗馬功勞。

狂三的背後出現一座巨大的時鐘。

「〈刻刻帝〉！」

狂三對自己開槍後，將槍口指向KNIGHT。對自己射擊【一之彈】後，大概打算對KNIGHT射擊減速的【二之彈】或停止時間的【七之彈】吧。無論如何，只要在中槍前先砍傷她就好。

為了女王加速吧。施展的招式是第三次的憤擊，迅速衝向狂三後，只要一氣呵成揮劍便可。

奇蹟發生了。KNIGHT避開了子彈。機會只有一次，絕對不能錯過。

她發出一聲咆哮，將劍一揮而下。狂三怔怔地凝視著揮下的長劍，沒有要迴避的意思。是因為KNIGHT避開了她自信滿滿射出的子彈嗎？還是有其他理由？

在零點幾秒的思考時間，勝負已決。

KNIGHT的憤擊切切實實地將狂三砍成兩半。

「——成功了～～！」

KNIGHT回過頭，想對BISHOP和ROOK炫耀自己僥倖除掉了最大的強敵。剩下的敵人等於是拿來練練身手的，甚至不需要女王出馬。打敗支配者，開拓道路讓女王凱旋而歸。

「……？」

然後，她發覺自己突然眼前一暗，雖然不覺得疼痛，身體卻急速冷卻。想要站起來，在手中施力——卻動彈不得。

「怎麼……回……事……」

「嘻嘻嘻嘻嘻。能看見自己期望的未來，也是有利有弊呢。」

時崎狂三的聲音。比起她為何還活著，她所說的話更令人在意。不過另一方面，她又本能地哀號著自己並不想知道答案。

「未來經常是不固定的，會根據選擇而千變萬化。不過，『憑自己的意志看見的未來，與別人強制性展現出的未來』，行動是不一樣的。」

「什麼——」

「〈刻刻帝〉——【五之彈(Hey)】。」

剛才狂三朝自己和對方射擊的是「看見未來的子彈」。狂三正是因為能看見未來，才看穿了KNIGHT的行動。

而KNIGHT正是因為看見了未來，才貿然認定未來已定。

她所看見的未來是錯誤的未來，因為狂三的行動改變而化成了幻影。不過，狂三在她的腦袋察覺到這是場騙局時，搶先一步射擊。

從第三者的角度來看，勢必只能看見KNIGHT有勇無謀地衝上前，然後挨了一槍。狂三之所以沒有選擇【一之彈】或【二之彈】，就是為了一槍斃命。

雖然會消耗大量時間，但她想在這裡解決KNIGHT。

「好了，接下來換誰？」

狂三「嘻嘻嘻嘻嘻」地笑道。BISHOP與ROOK舉起自己的無銘天使(武器)，不回應她的挑釁。

「那麼，接下來換ROOK嗎？」

「——不，接下來不是我們。」

「……！」

聽出話中含意的狂三露出嚴肅的表情。

BISHOP與ROOK屈膝跪下。一名空無踏著如夢遊患者般搖搖晃晃的腳步站到狂三面前。

一道聲音從少女的「內側」發出：

「——來，讓我們一決勝負吧，時崎狂三。」

空無釋放出刺眼的光芒，如門扉般一分為二，從中伸出四肢與軀體。

「妳這凱旋的方式還真是令人作嘔。」

狂三一臉厭惡地說道。白女王穿過空無這扇門後，終於現身。

感覺不對勁——狂三的內部發出警告。不過，狂三無暇理會。面對鄰界最強、最邪惡的敵人，狂三精神激昂的同時，也抱持著些許相反的感情。

「……妳說話的語氣恢復了呢。」

「那是當然。因為現在的我是『將軍』啊。」

那無庸置疑是被稱為恐懼的感情。

第二領域，最終決戰場。災厄與災厄終於再次正面對峙。

◇

——而女王的登場讓原本有利到某種程度的戰況一口氣倒向劣勢。

「不妙，對方士氣大振了。」

「蒼！先撤退！」

蒼聽從葉羅嘉的命令，凌空一躍，打算暫時撤退，卻被伸長身體的空無牢牢纏住雙腳。

「糟了……！」

「蒼！靈符『分身靈』！一定要趕上！」

靈晶炸藥點燃，這次真的躲不掉了。不過，葉羅嘉的靈符變身成模仿葉羅嘉的人形，用身體包覆住炸藥。

空無爆炸，蒼被爆炸的衝擊波轟飛。

「唔、唔……」

蒼搖搖晃晃，好不容易站起來。耳邊響起空無們「嘻嘻嘻」的笑聲。

「妳真強呢。」「嗯，非常非常強。」「不過呀，妳贏不了我們。」「絕對贏不了。」「人數有差。」「數量有差。」「意念有差。」「孤零零的。」「感覺好寂寞呀。」「去死吧。」

發出「啊哈哈哈哈」笑聲的空無群——與蒼。

蒼笑盈盈地回應：

「真是笑掉我的大牙。妳們是不怕死的無限軍隊，不過，既然妳們無限存在，我便無限地將妳們擊敗。我超擅長永不停歇地打地鼠。另外，這下子我了解妳們的呼吸和行動了，所以妳們的靈晶炸藥不會再炸到我。」

「呵呵。」「真可笑。」「妳要怎麼……」「辦到這種事？」

「現在擁有靈晶炸藥的是——」

蒼突然迅如疾風地邁步奔馳，從上方擊潰一名空無。

然後，立刻踹飛漸漸消失的少女身體。飛向高空的少女被靈晶炸藥炸飛。

「我看她形跡可疑，就猜是這傢伙，看來猜中了。還有其他人有炸藥嗎？」

空無軍沉默不語，停止發笑，同時打從心裡後悔自己犯下的過錯。早知道就該一氣呵成地攻擊蒼，完全不給她思考的時間才對。

「……很好，還有，那傢伙、那傢伙和那傢伙，我現在就來打敗妳們，呃～～有句話怎麼說來著……那個，呃……西……西……」

蒼想了一會兒，終於想到了。

「統統上西天吧～～！」

蒼再次揮舞〈天星狼〉，大開殺戒、殺紅了眼，但遲早會精疲力盡倒下吧。不過，對空無軍而言，問題在於——

她究竟何時才會倒下。

篝卦葉羅嘉看見蒼精力充沛地揮舞起戰戟，這才鬆了一口氣。大概是靈符在千鈞一髮之際用身體阻擋爆炸這一招奏效了吧。

不過——

「漸居下風了呢……」

空無的攻勢越來越猛烈。蒼雖在奮戰，阿莉安德妮和凱若特卻開始被壓制。

不用說，原因就在於白女王。因為她的登場，空無軍隊士氣大漲，吶喊著「請看看我的表現！」並無懼死亡地開始攻擊阿莉安德妮兩人。

狂信——崇拜（Tiphareth）——那是白女王的領袖氣質造成的後果，連支配者都拜倒的邪惡魅力。

曾經身為第六領域支配者的宮藤央珂與第七領域的佐賀繰由梨都臣服過女王。

也難怪概念為純真的空無會為之傾倒。她們如雪崩般蜂擁而至的模樣，就像活屍——恐怖電影裡的殭屍一樣。

〈葉羅嘉，阿莉安德妮快撐不住了，麻煩妳支援！〉

〈馬上到！〉

葉羅嘉回應真夜發出的心電感應，邁步奔馳，斜眼瞥了她們唯一的希望時崎狂三。

……淒絕的修羅就在自己這些人所處戰場的遙遠彼方。

從遠處目睹的狂三宛如流星，而且是保有自我意識，能自由行動的流星，或是比喻成戰鬥機也行。

總之，運行的軌道打從一開始就異於常人。

而問題在於與之抗衡的白女王。她開槍射擊狂三，揮軍刀施以斬擊；狂三也開槍反擊，用長槍擊打她。

雙方都施展出超凡的本領與靈力。

不過，葉羅嘉估計兩人這勢均力敵的狀態無法持續太久。她能預見ROOK與BISHOP正在等待參戰的時機。

……當然，白女王與時崎狂三關係匪淺（本人說的），但白女王大概是「一碼歸一碼」的個性。

她肯定毫不猶豫將ROOK與BISHOP當作棋子使用。

而說到時崎狂三，要是這兩個擁有支配者級實力的人加入戰局，她絕對沒有勝算。

葉羅嘉感到十分苦惱。

——該幫助阿莉安德妮？還是該幫助時崎狂三？

如今能做出決定的，只有自己。毀滅的時間逐漸逼近，該如何選擇才正確？葉羅嘉朝握住靈符的手指集中力量。

◇

緋衣響的現狀就好比置身於驚濤駭浪中的小船。暴風毫不留情地損耗她的精神，浪花使她的身軀冰冷刺骨。

倘若小船翻覆沉入海底就沒戲唱了，自己的精神將永遠不再浮起。

「混……帳………………！」

緋衣響咬緊牙關，幾乎快把牙齒咬碎了。她操縱小船，越過海浪，強忍著渺小的自我會消失的恐懼，前往目的地。

偶爾會有禮物從天而降。

「少礙事！」

那是繩索，牢固、神聖，引誘她通往安全平穩的地方的繩索。

不過，響的第六感告訴她這條繩索肯定是陷阱。至少「那位連長相與名字都記不清的某人」

不會伸出如此和平的援手。

因此，響只能哇哇大哭地操縱著小船。

——她曾立下誓言。

如果……如果緋衣響被白女王抓走，並且「被塑造成時崎狂三的敵人」。

——我一定會把妳救出來。只不過，採取的手段會有些粗暴就是了。

「可以停在『我一定會把妳救出來』就好了嗎！妳說會採取粗暴的手段，讓我從現在就開始擔心了！」

「不過，把妳變成我的敵人，怎麼想都是透過洗腦這種方式吧？那麼，只能靠暴力解除洗腦了呀。」

「難道就不能靠愛嗎！」

「愛就算了，情倒是有的。只是，我是災厄的精靈，只想得到用暴力解決。」

「那個……具體而言，妳會怎麼做……？」

「這個嘛——」

狂三提出的「手段」若進行順利，確實足以成為破解洗腦的一擊，只是絕大部分都很暴力。

「……順便決定暗號吧。」

「暗號？」

「我們之間才聽得懂的祕密口令。不過，妳盡量把它忘掉。」

「？？？」

響歪了歪頭。狂三清了一下喉嚨，打算一步一步說明。

「聽好了，這個暗號很特別，是只有我和妳才懂的複雜語彙。但如果妳經常想起這個暗號，恐怕會在洗腦時不小心說出來。」

「那不就行不通了嗎？」

記住暗號的瞬間，那便會成為她腦中最重要的事情。如此一來，洗腦時肯定會不打自招吧。

「不會，接下來才是關鍵。妳必須先暫時忘記暗號，等我告訴妳，妳再想起來。」

「呃、呃～～……這個暗號很重要，卻要忘記嗎？」

「用自我暗示潛入深層意識，封印那個暗號。然後，將那個暗號與緋衣響這個概念連結在一起。」

聽完狂三說的話，響沉思了一會兒後捶了一下手心。

「……啊～～我好像懂了。總之就是那個吧，在壓縮檔上設密碼，然後妳幫我記住那個密碼，我聽見那個密碼後做出反應，一口氣解除緋衣響.zip檔，沒錯吧！」

「？？？」

這次輪到狂三歪頭表示不解了。

「呃～～嗯～～反正就是忘記密碼，靠狂三妳幫我回憶起來就是了，對吧。」

「是的、是的，就是這樣。那麼，我現在告訴妳暗號。」

「好～～」

緋衣響將那個暗號銘記於心。

「那麼，接下來我要對妳施加暗示。」

「暗示……」

「就像催眠術一樣。」

「是色色的催眠術嗎！」

狂三一記手刀朝興奮的響的頭頂落下，讓她閉嘴。

「妳給我向全世界的催眠術師道歉。」

「對不起……說到催眠……暗示什麼的……我只想到色色的事……」

「妳的腦袋裝的是大王花的花田嗎？總之，去那裡坐下，然後閉上眼睛。」

響乖乖地點頭，依照指示閉上眼睛。

「慢慢呼吸……沒錯。不過，不能睡著喔。」

「好～～」

「那麼……響，妳還記得我們一開始是怎麼相遇的嗎？」

「嗯，當然記得。」

狂三從天而降。緋衣響相信「她就是我的命運」，強忍著可能會喪失自我的恐懼，用〈王位篡奪〉奪走了時崎狂三的樣貌與能力。

「接著妳去想像，想像那份記憶在自己手邊。對了，就想成是書籍吧。為它取書名，將詳細的記憶集結成一本書。請想像那個畫面。」

「好、好的。」

響閉上雙眼，拚命想像。將與她相遇的記憶集結成一本精裝的厚書籍，取完書名，闔上書。

「妳現在在圖書館。只是，不是有人使用的那種圖書館，而是被稱為開架式的特別圖書館。那裡只有一排又一排的書架，也沒有櫃臺。」

「一排又一排的……書架……」

響開始想像。據說第二領域有一大排書架。響並不討厭書，但也不怎麼喜歡。不過，還是輕易就能浮現書架的模樣。

「響，妳認為妳該怎麼做？」

響糊里糊塗地站到書架前，看著剛才那本書。

「因為是重要的回憶……放到書架……」

「不行。」

「咦……？」

響反射性地想睜開眼睛。狂三制止她，用手摀住她的雙眼，然後在她耳邊輕聲呢喃：

「不能把和我的重要回憶放到書架，必須放進堅固的保險箱裡。」

「堅固的……保險箱……」

「妳的書架遲早會被全部破壞，書會被搶走燒燬對吧。」

「這──」

響不希望發生這種事情，非常不想。

「不過，放進保險箱就沒事了。把重要的書放進保險箱，上鎖。只有輸入密碼才能解鎖。」

響點頭表示認同，然後把一切放進看起來十分堅固的鋼製箱子。

「密碼──」

「保險箱需要密碼對吧？」

「沒錯，密碼是……」

「閉著眼睛，我一個字一個字告訴妳，妳把它寫在紙上。」

響的眼前有一張桌子和紙筆。

她在紙上寫下密碼，一個字一個字地牢記下來。那個密碼很奇怪、很丟臉，想必不會不小心

脫口告訴別人。

「……用這個當密碼好嗎？」

「當然不好，不過既然是緊急事態，我就睜一隻眼閉一隻眼吧。」

「也對。這是緊急事態、緊急事態，呵呵呵呵。那麼，呃，『時崎狂三——』。」

響反覆說了好幾遍，將這句話牢記心中。

狂三點了點頭，判斷她應該記住了以後，告訴她下一個指示。

「很好。那麼，把寫有密碼的紙燒掉。然後，忘記，尤其是那個單字。」

「咦，可是……」

如此一來，就算現在記得，也會真的忘記。尤其是接在「時崎狂三」後面的那個單字，自己以前從來沒有想要特意記下來。她當然理解那個單字是什麼意思，但並未將它與時崎狂三聯想在一起，之後便拋諸腦後。

不想忘記，便不會忘記。

但要自己忘記，能夠說忘就忘嗎？

「照我說的去做。先把那張紙燒掉，然後忘記。『密碼已經設定好了』。我記住了，所以妳可以不用記。」

響遵造指示行動。

經過三秒，狂三拍了一下手。聽見響亮的拍手聲，響立刻眨了眨眼。

感覺像作了一場夢。

好像談論了什麼重要的話題……不對，的確是談論了……但不知為何，剛才還十分清晰的重要記憶卻陷入了五里霧中。

「這樣就結束了。以後我們不再談論這件事，妳也不能去思考，要像一星期前吃了什麼東西一樣從記憶中刪除。」

「我、我知道了……」

響照狂三說的，之後便將這件事忘得一乾二淨。

而坐在小船上搖搖晃晃的響的腳邊——竟然出現了一個突兀的保險箱。響不知道為什麼會出現這種東西。響緊張兮兮地心想：除了名字以外的一切都被奪走了，只有這個保險箱絕對不能被拿走。

「拜託，來人啊。拜託，來救——」

響連忙將脫口而出的洩氣話嚥回去。她覺得不能這樣。不管發生什麼事，求救是最窩囊的做法。

波濤洶湧的汪洋一望無際，不會風平浪靜，沒有終點，也沒有可登陸的土地。

所以——能做的只有一件事。

「……想起忘記的單字，打開保險箱……？」

保險箱鎖得很緊。正當響思考著該如何是好時，一陣巨浪朝她襲來，同時傳來彷彿地底發出聲響的聲音。

響瞬間臉色蒼白——因為船底破了一個洞。

◇

狂三深呼吸，調整氣息。

一次，兩次。一邊倒退一邊連續射擊。白女王猛然衝向彈雨中。

「啊哈哈哈哈！怎麼啦，時崎狂三！只顧著防禦！」

「啊啊，煩死了……！」

狂三當然會感到焦躁，女王終於出現，她卻還不確定。

不確定——「ROOK與BISHOP哪一個才是緋衣響」。

說話語氣矯揉造作的KNIGHT立刻被剔除，不知道是剩下兩人中的哪一個……如果響撐過了洗腦，保留住「自我」，應該會給出線索才對。

換句話說，她的自我完全被封印住。本想留下明顯的緋衣響的痕跡，引發自己的同情心，但大概是判斷這麼做風險太大了吧。

話雖如此，又難以捨棄「動之以情」的作戰。KNIGHT之所以裝成響，應該就是這個計策中的一環。

「不過，真是傷腦筋呢……！」

狂三一邊旋轉一邊開槍。女王的軍刀閃閃發光，劈開子彈。

背後的兩人——ROOK與BISHOP沒有行動的跡象。

「妳很在意那兩人嗎？」

女王說完，狂三以不耐煩的視線瞪向她。於是，女王聳了聳肩說道：

「妳試試看嘛。我相信妳一定能猜出她是誰。」

這次換女王向後倒退了一大步，拉開距離。

「ROOK、BISHOP，換妳們跟她打。」

她如此說道，彈了一個響指。兩人像是久候多時般發出狂喜的尖叫，同時攻擊狂三。

「……【一之彈】！」

「去死……！受死吧！為了我的，那位大人！」

「去死吧！仇敵！只要妳不在……！」

雙方肆意怒罵，衝向狂三。狂三眼神冷漠地看著與來襲的兩人拉開距離的女王。

笑。

不過，總不能放任女王不管。狂三將短槍指向女王——女王看穿她的目的後，開心地嘻嘻嗤笑。

一邊的槍口隨時對準女王，不論她來這裡或去那裡，都不能放過任何破綻。

不過，這也代表她必須用一隻手對付三幹部的ROOK與BISHOP。加上沉重的不利條件，狂三非得找出有關緋衣響的線索才行。

……她手上當然有王牌，就是那個暗號……順利的話，緋衣響應該能解除封印起來的記憶，恢復自我。

不過，這張王牌也是極其危險的存在。若是確定緋衣響依然保留自我，甚至擁有記憶，寄生在她身上的ROOK或BISHOP大概會竭盡全力消滅存在於自己體內的緋衣響吧。

這種場合不適合說出暗號。

一旦說出來，所有人大概會一頭霧水，但應該會立刻察覺到那是解放響的暗號。

必須得到確切的證據。

「得到緋衣響身體的是三幹部的誰」？

（……得不出結論。）

ROOK和BISHOP也會運用本人的能力，不會露出半點馬腳。狂三咬牙心想：難道只能靠第六感選擇了嗎——然後突然有種突兀的感覺。

總覺得哪裡怪怪的、不對勁，強烈的不協調感令人難以忽視。

狂三開始抽絲剝繭，尋找破解窘境的答案。

（假如我——站在女王的立場。）

也就是說，站在想令時崎狂三生不如死的立場，她應該會讓兩人盡量表現出緋衣響的態度，讓狂三到死都猜不出誰才是響。

或是，只讓其中一方佯裝成緋衣響——事實卻正好相反。讓狂三深信不移而拯救的少女，其實只不過是個冒牌貨。

狂三能馬上想到的就只有這兩種可能。然而她們沒有選擇這兩種方法，而是只讓ROOK和BISHOP破口大罵，發動攻擊。

沒有痛苦、沒有迷惘、沒有疑惑、焦躁等值得一提的情緒。

這樣簡直就像是——

（有什麼苦衷，不得不隱瞞……？）

那件事比折磨時崎狂三來得更重要。對女王而言，幾乎不存在這種事。如果真的有——

（那就是她本來主要的目的，到達第一領域。）

不過，自己這些人正是為了防止她到達第一領域才在此奮戰的。然而——她的行動看起來就是如此。

她在爭取時間，做出所有力所能及的事以便拖延時間。

「啊。」

狂三有一瞬間忘記所有狀況，忘了自己正在戰鬥、戰況陷入不利，以及所有雜念。

她終於發現、頓悟、看穿了真相，轉身面向「她」。

「──『原來是妳啊』。」

她的視線望去的方向不是ROOK，也不是BISHOP。

「……啊哈。」

而是察覺狂三的視線，抿嘴一笑的白女王。

仔細回想起來，白女王登場後的一舉一動都十分詭異。與狂三打鬥時只是靜觀其變，完全沒有表現出想一決雌雄的氣概與她殘酷成性的一面。

只有這個女王在戰場上所採取的行動最「不像」她的作風。

那麼，不是白女王的她會是誰？

答案當然是緋衣響，她披上女王的外貌。記得能發射【蠍之彈】的不只三幹部，還有女王。

──當然，這個推測有破綻。

不過，時崎狂三理解到白女王所想的最歹毒的陷阱，就是這個。把狂三絕對無法痛下殺手的緋衣響安排成狂三絕對會取其性命的女王。如果是女王，是幹得出這種事情的。

既然如此，就當機立斷吧。

「響！」

聽見狂三呼喚的名字，女王紋風不動。就算露了餡，也無所謂。時崎狂三確定自己勢必得歷盡千辛萬苦，才能奪回緋衣響。

首先得面對白女王這道障礙。

「哎呀，竟然叫我緋衣響。妳是精神錯亂了嗎？」

白女王如此笑道，狂三火大地瞪著女王，毫不猶豫地開槍射擊她的要害。女王竭盡全力地避開後，正打算反擊時——

狂三深呼吸，開口說道：

「響，我要說暗號了。」

「……！」

終於向女王——位於女王體內的緋衣響公布暗號。

◇

連續不斷的風浪、巨響、暴風胡亂拍打在緋衣響身上。響一直忍耐，一心等待。

不能大聲求救；不能握住救援的絲線。

可是，船底破了一個洞，船開始慢慢往下沉。

也就是說，那是緋衣響的自我即將消失的前兆。即使如此，響依然繼續等待。

她目不轉睛地瞪著保險箱，等待早已遺忘的「某種東西」。

還沒嗎……還沒嗎……快點……快點……！

船就要沉了。

雙腳沉入海中，保險箱沉得更深。這樣下去，會無法打開保險箱。

響除了瞪著保險箱祈禱，已放棄一切行動。無論如何，現在的自己只能相信並將希望託付在保險箱，別無他法。

於是，響下定決心，深呼吸了一大口氣。

緊抱住下沉的保險箱不放，深深沉入海裡。呼吸困難，水壓快把全身壓扁了。馬上就要喪命

——正確來說，是就要失去自我的響依然緊抱著保險箱。

這時，福音突然降臨。

「時崎狂三喜歡七夕和笹葉蜂蜜蛋糕。」

——啊。

一道聲音從天降到海裡，傳到逐漸下沉的響的耳中。瞬間，響的記憶連鎖爆發，她渾然忘我地朝保險箱吶喊：

「時崎狂三喜歡七夕和笹葉蜂蜜蛋糕！」

保險箱「喀嚓」一聲開啟，存放在裡頭的無數封起的信件與照片覆蓋住響的身體。

「對了……對了，我想起來了！我……我的名字是緋衣響。我……跟狂三一起旅行……！」

那段旅途真是漫長。

經歷了戰鬥、廝殺、成為偶像，也曾被敵人抓走，差點受到拷問，逃離那裡之後，還與狂三穿泳裝競賽。打過撲克牌、找過犯人，甚至在奇幻世界戰鬥過！

那些全是與狂三相遇後的所有回憶，十分重要、喜歡又可愛的回憶。

所以，響下定決心。

「怎麼能……」

怎麼能——

「死在這種地方啊啊啊啊啊啊啊啊啊！」

當她如此吶喊的瞬間，身體飛出了狂風巨浪。她握住拳頭，這副身軀是緋衣響原來的樣貌，不過是女王埋入的【蠍之彈】寄生在她身上罷了。

她伸出手——越伸越長。緋衣響的自我因為獲得記憶而爆發性地膨脹，輕而易舉便填滿整個大海，與白女王抑制的力量抗衡。

「看我的……！」

響感受到撕扯皮膚般的痛楚，然而沾黏在身上的女王並沒有那麼容易剝除。果然憑一己之力還是難以剝除她吧。

不過——

「狂……三……！『拜託妳了』！」

既然有時崎狂三在！

◇

「拜託妳了！」

這聲吶喊無庸置疑是緋衣響發出來的。儘管聲帶改變，長相是女王的容貌，但狂三絕不可能聽錯。

而那正是她無法獨自對抗女王的證明。當然，狂三和響也早已決定好如果碰到這種狀況該如何應對。

「雖然不知道後果會如何——妳就做好心理準備吧！〈刻刻帝〉！」

狂三選擇的子彈是Ⅸ，能夠連接中彈者的意識，是非戰鬥用的子彈。

「【九之彈】。」

瞬間，地面立刻消失。

「果然如此……！」

通常狂三對某物（某人）發射【九之彈】後，只會發動讀取記憶的能力，在短時間內體驗一段過去，僅止於此。

不過，現在的緋衣響變成了白女王。雙重的過去、雙重的肉體，糾纏沾黏的白女王這個概念形成了障礙。

遇見這種情形，【九之彈】會產生何種反應？

……與其說會發生故障，應該說是會發動隱藏技能。狂三像沿著繩索般進入連接的意識——勇敢跳下。

「我來了……！」

到達的地方是緋衣響這名少女的記憶、夢境。化為精神潛航者的狂三為了讓響戰勝白女王，入侵了她的腦內。

○於是進入多重夢境

那麼——問題來了。

狂三是有思考過這種可能性，但她沒想到竟然真的能潛入緋衣響的腦子。

「……如果這裡是女王的腦子，只要隨手破壞一番，總有一些作用吧，不過……」

時崎狂三唉聲嘆了一口氣，環顧四周。

四周一片漆黑，但能感受到雙腳踩到地板的觸感。另外，可以看見遠方散發著朦朧的小小光芒。

「那就走吧。」

這裡是意識的內側世界，不知道會發生、遇見什麼事。

總之，先跟緋衣響會合再說。

狂三邁開步伐——當然，緊握著手槍。

那道光芒原來是一扇白色小門。門外應該很亮，只見有微光從門外透了進來。狂三毫不猶豫地轉動門把。

走進門後，映入眼簾的是——

「這裡是……」

扔在地上的貓跟狗的布娃娃、顏色鮮豔的小桌子、亮黃色的球與粉紅色的牆壁。

「兒童房……嗎？」

「不、不，這裡是祕密基地。人在年幼時期，兒童房基本上就像一個小世界對吧？」

聽見熟悉的聲音，狂三回過頭——吃驚得真的覺得自己的下巴要掉下來了。

「哎呀～～哈囉、哈囉！有一段時間沒見了呢，狂三。」

位於眼前的是緋衣響——沒錯啦。

「……妳是響嗎？」

「應該是吧～～！」

正確來說，是兒童樣貌的緋衣響。

服裝沒有改變，個子卻縮小了一半，年齡大概是六歲左右。星星般熠熠生輝的眼瞳，跟緋衣響原本的一樣。

「妳還保有記憶吧？」

「大致上還有，只是在『剝除』和撿拾上費了一番功夫。如果妳能幫我就好了。」

「那是當然，要不然就無法脫離這個世界了。」

狂三如此說道，幾乎是下意識地伸出手。

「……咦？」

「……哎呀。」

看見這一幕的響和伸出手的狂三同時面面相覷。狂三正想把手縮回去，響立刻握緊她的手。

「謝謝妳～～♪」

「……哎，看妳現在外表年幼，就不與妳計較了。」

狂三苦笑了一下，如此說道。

響說這間兒童房裡已經沒有她想要的東西。

「走出這個房間後得多加注意，畢竟這裡是我深層意識裡的世界。」

「妳的意思是，不知道會出現什麼荒唐的世界嗎？」

「……嗯，就是這個意思！」

「妳竟然不反駁……」

狂三看著挺起胸膛的響，傻眼地呢喃。

「呃，我說真的，我覺得我的腦子裡肯定沒在想什麼正經事。呵呵呵，我自己也覺得可能會接二連三出現一些讓我丟臉得想死的光景。」

「如果妳變得像野獸一樣，我就不管妳了。」

「答得好快！關於這一點，拜託妳忍耐一下好嗎！」

「我會看情況妥善處理的。」

「太令我不安了～～！唉，算了，那麼……看看穿過兒童房後會出現什麼場景！」

響一把打開兒童房的門。

隨後吹來一陣輕風。

「哎呀。」

空間頓時擴展開來。道路、住宅，以及全新的校舍，這景色真令人懷念。

「這是……第十領域吧。」

「是啊。」

這裡是時崎狂三與緋衣響相遇的領域，所有起始的地點。

「那麼，我們先去校舍吧。」

雖然兩人不是在校舍相遇的，但她們最初想去的地方便是那棟中央的校舍。不過，當時因為非常複雜的原因，時崎狂三不得不以緋衣響的身分行動。

「真令人懷念呢。」

「時間已經久到足以說懷念了嗎？」

「過很久了，不過體感像是一瞬間。」

響拉起狂三的手。

「妳要去哪裡？」

「既然這裡是仿造第十領域的場所，那麼對我們來說印象最深刻的地方是哪裡呢？」

「……嗯。」

狂三思考片刻後說道：

「與妳初次相遇的場所、度過一夜的場所，還有其他許多擁有回憶的地方。但說到印象最深刻的——還是『那間教室』吧。」

「是的！就是這樣！」

於是，兩人毫不猶豫地前往學校。一切的開端，都源自那裡。

◇

來來往往的女學生一臉疑惑地盯著狂三和響。學生……本來不該存在的少女們，被賦予歌頌青春的權利的人們，在校舍中活動。

「妳對她們的臉有印象嗎？」

「不……完全沒有。話說，不覺得她們的臉有點模糊嗎？」

正如響所說的，女學生的臉部輪廓全都有些模糊不清。

「雖然這麼說有點毒，但她們是背板……路人角色吧。」

仔細聆聽她們的對話，發現連說話內容也很模糊。沒有固有名詞，內容空洞，就像一直在播放談論天氣這種無關緊要的話題。

「我們的教室好像在……啊，是這裡吧。」

狂三打開響所指的教室的門。

「——哎呀、哎呀、哎呀。」

於是看見許多令人懷念的面孔。

雪莉·姆吉卡、砺波篩繪、蒼、指宿帕妮耶、土方征美、武下彩眼、乃木愛愛、佛露思·普羅奇士、佐賀繰唯。

她們一語不發地凝視著時崎狂三。

「我說，這畫面超可怕的耶……」

「放心吧，響，我也覺得超級可怕的。」

被人面無表情地盯著看，就好像被機器人發現似的，令人毛骨悚然。兩人環顧四周看還有沒

有什麼東西時，發現桌上放著一個娃娃。

「啊……！」

響連忙跑了過去，舉起娃娃。狂三對這個娃娃的臉有印象。

「這好像是……」

「沒錯，是我的第一個救命恩人，陽柳夕映……看來就連在意識世界裡，她都已經不存在了。我真是個笨蛋、蠢貨，如果我記憶力再好一點就能想起來了。」

響如此說道，難得表現出沮喪的模樣。

「不存在，代表妳已經整理好心情了，這樣就足夠了吧。至少，她直到最後一刻都是妳的朋友。」

狂三輕輕拍了拍響的頭。狂三罕見的舉動令響吃驚得眨了眨眼，不久後難為情似的笑道：

「……說得也是。好，夕映，妳在這裡乖乖待著。多虧妳，才造就了現在的我。」

響將少女娃娃輕輕放在桌上。

「那麼，接下來該怎麼辦呢，狂三？」

「我想想喔……啊啊，首先有一個不該存在的人在現場，我們來問問她吧。」

「不該存在的人……啊。」

狂三所指的方向確實有一名不該存在的少女。

「ROOK——是我們相遇時的那個吧。」

乍看之下十分乖巧，埋沒在周圍的純白少女。過去曾叫露可這個名字，是白女王的手下。

她站起來，莞爾一笑說道：

「這具軀體是為了女王而存在的。」

「哎呀，是這樣啊。」

「緋衣響是應該成為女王分身的存在。我們沒資格，但響辦得到，因為她是——」

當她這麼說著握住〈紅戮將〉的瞬間——

「如此可怕的惡夢，我敬謝不敏。」

ROOK的眉心開了一個洞。

「……呃……雖然我一介受妳幫助的人這麼說有些不妥……妳是否應該讓她把話說完……」

響瞇起眼睛吐槽後，狂三聳了聳肩說道：

「我對妳的過去還有設定這類事情沒有興趣。」

「妳這個人嘴巴真毒！不過，我也沒什麼興趣就是了！」

響滿不在乎地回答。

「話說，我打死她是無所謂……但這麼做應該沒錯吧？」

「……我想應該沒錯。」

這句話聽起來比剛才距離還要近。狂三回過頭，發現剛才理應是大約六歲的響已成長為九歲左右，手腳變得比較修長。

「……原來如此，長大了呀。」

「是的，馬上就會長大成人了！」

「長大成人後，如果因為隨機的因素或觸碰到什麼機關，會不會又變回嬰兒呢？」

「不要拿我試BUG技啦！妳這人很可怕耶！」

「我開玩笑的，開玩笑。」

「妳開的玩笑真心笑不出來，對心臟不好。雖然我有點懷疑在這個意識世界中，心臟是不是有在跳動就是了……」

「哎呀……其他人也消失了。」

狂三心裡有些不捨，因為她們是自己一開始遇見的一群個性強烈的少女。

「嗯，這也沒辦法。那繼續前往下一個意識吧。這次是過去嗎？還是夢境呢？」

「哎呀，過去跟夢境不一樣嗎？」

「是的，過去會呈現像剛才那樣的情況。而夢境嘛……畢竟是我的『夢』，大概會很『雜』吧。」

「雜……？」

「該說是雜亂，還是隨便呢？我想大概會是自己碰巧沉迷過的事物成為這世界的基礎吧。」

「原來如此，妳沉迷過的事物啊。」

「是的。應該算是類型吧……」

「感覺……有種不祥的預感呢。」

「哪會啊。」

畢竟是緋衣響。她可是沒半點戰鬥才能，除此以外卻多才多藝的少女，迷上的類型也各式各樣、林林總總、形形色色。

「那麼，去下一個地方吧！」

狂三與響打開教室的門，踏出一步後，景色立刻又產生了變化。

「哎呀、哎呀……」

是一個寬敞的空間，從天花板的水晶吊燈可看出是在屋內。裝飾厚重，設計與其說偏日本，更偏向海外歐洲古建築那類的風格。

周圍有一群盛裝打扮的女性，她們的衣服不是現代服裝，是兩百年前左右的歐洲禮服（Dress）……也非靈裝（Dress）。

大概是英國或法國那類的吧？狂三疑惑地思考著，開口問響：

「響，這是過去嗎？還是夢境？」

「……當、當然……當然是夢境……話說，狂三，我換個話題。」

「好啊，妳要說什麼？」

「妳聽了不會生氣吧？」

這提問聽了只讓人湧起一股不祥的預感。

「要看妳說的是什麼內容。」

「我好不安……不安歸不安，響，加油吧！呃……就是啊，狂三，妳先確認自己的衣服。」

「哎呀。」

原來變化的不只是風景，狂三的靈裝也從平時的哥德蘿莉服變成其他服裝。

「這是……禮服吧。」

狂三身上穿著一件鮮紅色的華麗禮服。她平時穿的是黑紅交織的靈裝，但這件完全以紅色為主，大紅色的蝴蝶結從胸口排列到裙子，十分可愛。

狂三覺得還滿好看的。不過，服裝變化代表著什麼意義嗎？

「響，這究竟是——哎呀。」

另一方面，響的服裝也變了。她從一身白色的靈裝，變成穿著深藍色襯衫與白色圍裙，頭上還戴著荷葉邊蕾絲髮箍。

「我是女僕啊。原來如此、原來如此……不過……這是……」

「這是什麼？」

「這個嘛……總之，我先跟妳道歉，對不起。」

「原來如此，這代表我可以先給妳一槍再說是吧？」

「先別開槍，容我再解釋一下啦！」

面對乞求饒命的響，狂三嘆了一口氣，正打算放下槍時——頓時停止了動作。仔細一看，狂三手上拿的竟然是扇子，而不是〈刻刻帝〉。

「這是什麼東西……？」

「呃，我猜啊，這恐怕是……『看起來像少女遊戲世界的反派千金故事』。」

狂三左右歪了三次頭。

「看起來像少女遊戲世界的反派千金故事？響，不好意思，可以請妳說國語嗎？」

「我說的是國語啊！嗚嗚，我不想讓妳知道……不對，本來是想找個機會告訴妳的，但不是現在……」

狂三詢問嘆息的響，要求她說明。這時，上面突然傳來一道聲音。

「——時崎狂三！」

「……哎呀。」

果然是蒼。她穿的不是狂三和響那樣的洋裝，而是男裝——白色與金色搭配的端正軍服，那

華麗的模樣簡直就像個王子。

不過──

「……蒼，妳的臉上貼的是什麼？」

「大概是因為我從未見過男性……」

蒼的額頭貼著一張寫著「代理」的紙，感覺遮擋住了她的視線，但她似乎行動無礙。

「我被狂三欺負了～～！」

而緊抓住蒼的手臂不放的是──

緊抓著不放的是……

「……請問……那邊那位……叫什麼名字來著……」

「我是桃園真由香！桃園真由香啦！被妳惡意捉弄的桃園真由香！」

「啊啊，呃～～我記得……妳好像是……第八領域的！」

「是第九領域啦！至少記住這一點吧。」

「喔喔……」

狂三覺得她未免太蠻橫不講理了。聽她這麼一說，好像是有過這麼一個準精靈。不過當時她的手下露可給人的衝擊太強，之後又與女王發生爭執，導致狂三完全不記得這號人物。

老實說，就算聽到她的名字、看見她的長相，狂三還是有種「唔～～……說起來……好像是有……這麼一個人……又好像沒有……有嗎？有過這麼一個人嗎……」的感覺。

似乎沒有與白女王有關的準精靈存在。蒼和桃園真由香，以及狂三和響，剩下的只有一些背板人物。

蒼與真由香在階梯上的平臺，而狂三則是站在階梯下，與響一起仰望著蒼。真由香朝仰望的狂三嘻嘻嗤笑——令人十分火大。

狂三嘆了一口氣，詢問響：

「所以……這到底是怎麼回事？」

「這個嘛，就是一種被稱作悔婚的故事類型……」

「喔。」

「首先扮演王子的蒼會對反派千金狂三悔婚。」

「我不記得我有訂過婚。」

「……」

「好的、好的，我不說話了。」

由於響擺出一副「別打斷我說話啦」的表情發出無聲的抗議，狂三決定暫時保持沉默。

「狂三因為反派的面相和一些不好的傳聞等各種因素，被謠傳惡意刁難（偽）主角！」

狂三立刻想舉起〈刻刻帝〉射擊，最後還是忍住了。

「跟現實一模一樣呢！」

她還是決定開槍射擊。狂三扣下扇子上安裝的扳機後，子彈便從扇子的某處發射出來。

「那個……我想請妳不要動不動就開槍好嗎……」

「我會妥善處理的～～」

響清了一下喉嚨，繼續說明：

「所以王子提出悔婚！可是！我們準備周到的狂三帶了一堆反駁的證據，粉碎王子莫須有的妄言，把（偽）主角送進監牢！」

「……妳所謂的（偽）主角是？」

「呃～～說到為什麼會發展成如此有趣的情節呢，重點在於，反派千金發現了這個情況類似於虛構的少女遊戲。」

「……嗯～～……？」

「也就是轉生到少女遊戲的世界……這種設定。狂三跟那個……那個，呃……」

響瞥了一眼桃園真由香。

「對了，真由美。」

「是真～～由～～香～～啦！真令人火大耶，明明是妳創造出我的！」

真由香如此說道，隨後不再計較，再次緊抓住蒼的手臂。蒼一副無所謂的樣子在發呆。

「嗯。也就是說，轉生到遊戲世界的我發現自己在遊戲世界中扮演反派，想要推翻這個設定是嗎？」

「不愧是狂三，真有慧根！」

「……所以，過關的條件是什麼？」

「畢竟是我腦子裡思考的事……最理想的結局大概是……讓她沒有好下場吧。」

「也就是說，比如——射殺！」

響聽見「喀嚓」的聲響，立刻反應過來。話說明明是扇子，到底是從哪裡發出擊錘聲的啊？

「聽我說，千萬不要開槍亂射，立刻解決。這裡是我的意識世界！麻煩請配合我，否則可能無法過關！」

「……我知道了。那麼，妳說該怎麼做才好？」

「那我來當旁白，之後妳就按照這個劇本複誦臺詞！」

響將劇本輕輕塞給她。狂三偷偷拿在手上，說道：

「好的、好的，我照做就是了。」

接著咳了一下，等待響的臺詞。

「這裡是『夢魘帝國』。公爵千金，同時也是蒼王太子未婚妻的時崎狂三，現在聽見了王太

子宣布要悔婚的消息——」

「響、響，妳不覺得夢魔帝國給人的印象不太好嗎？」

「那裡不是該吐槽的地方——反正之後不太會再提到夢魔帝國的事——」

響語氣平淡地回應狂三的指摘。狂三無奈之餘，閱讀劇本中的臺詞。

開頭。狂三打開扇子遮住嘴巴說：

「『哎呀哎呀，妳說我惡意捉弄妳是什麼意思，桃園真由香男爵千金小姐？』……咦？我非得稱呼她小姐嗎？感覺令人莫名火大，內心湧起了殺意。」

「『蒼王子，我真的被狂三小姐欺負了啦～～！』……我說，她真的不會開槍射我吧？這是話劇對吧！我真的很害怕！」

「『嗯。如果妳說的是真的，這可是個問題呢。如果是真的。』」

蒼毫無窒礙地演繹王子一角，淡淡地說出臺詞。她似乎覺得寫著「代理」的紙張很礙事，把它揉成一團，當成紙屑扔掉。

「『像桃園真由香……小姐這樣區區一介男爵千金，我為何要在意？況且，蒼王子本來就是我的未婚夫。』……等一下，未婚夫是怎麼回事？」

響苦苦哀求：

「忍耐一下！別放在心上！終究只是王子殿下的代理人而已！」

狂三無奈地嘆了一大口氣，心不甘情不願地點頭同意。

正如響所說，她是代理人。換句話說，只要把她想成是「他」就好了。嗯，很好，這個方法似乎行得通。

狂三好不容易想起「他」朦朧的樣貌，這才有了幹勁。

「『咦咦～～戀愛是自由的～～而且，妳與事先決定的未婚夫之間有真愛嗎～～？』」

「妳這隻狐狸精，小心我殺了妳喔……」

狂三差點把手上的扇子捏碎。把蒼當作「他」的狂三立刻燃起了殺意，響連忙進行滅火。

「妳冷靜點，冷靜一下，拜託！妳這個人脾氣還真火爆！」

響拚命安撫狂三，好不容易才讓她消了氣。真由香嚇得花容失色，淚眼汪汪。

「咳、咳。嘶～～……（深呼吸）『我跟他訂婚，是國家決定的。妳介入我們之間是犯了大罪。話說，為什麼不邀請我參加畢業舞會，而是邀請那個桃園真由什麼的當舞伴啊？』」

「都已經說到桃園真由四個字了，至少努力說出最後一個字嘛，妳這個惡魔！『所、以、說～～誰教妳要欺負我，被拋棄了吧！』」

「『是啊，她說的沒錯。老實說，我對妳感到很失望。』」

「『那就請妳拿出被我欺負的證據。』」

「『沒必要。有真由香作證就夠了！』」

「……響、響，王子殿下對我說話很不客氣耶。」
「啊，這是與王子殿下反目成仇的模式。」
「啥？反目成仇？那個人對我？怎麼可能。」
「呃……未婚夫王子長得帥但沒腦子，被（偽）主角騙得團團轉是經典的模式之一……」
「嗯，原來如此。」
狂三的聲音冷若冰霜。她把扇子當作手槍指向對方，無視響的腳本說道：
「『開什麼玩笑。沒有證據，要我接受那邊那個連整顆頭都染成桃紅色的人的妄想？我欺負她？不可能。如果是我，早就立刻射殺她了。不如讓我現在就射殺她吧。』」
「『好可怕！』」
狂三踏出一步，真由香便一臉畏懼地向後退，王子代理人蒼也跟著向後退。順帶一提，響也微微向後退了一下。
流露出殺意，應該說是殺意沸騰的反派千金時崎狂三，連響也感到有些害怕。更正，是超級害怕。
「『時崎狂三，給我老實點。妳沒資格當公爵千金！』」
——於是，突然出現其他角色。外表是佐賀繰唯的模樣，卻穿著一身威風凜凜、瀟灑倜儻的騎士鎧甲。桃園真由香目光炯炯地看著她。

「『身為騎士，絕不允許妳動粗！』」

「妳不是忍者嗎？」

「……狂三、狂三，妳說的是現實中的她。在這裡，她是騎士。」

「『哎呀，騎士團長家的公子……公子？我看你才比較粗暴吧，殺氣騰騰的。』」

「『唔……』」

佐賀繰唯不甘心地低聲沉吟後，暫且退向後方。接下來登場的是一名感覺有些吊兒郎當的少女，她穿的也是男裝。

「哎呀，璃音夢？」

「『喂、喂、喂，狂三，妳竟然做出這麼過分的事情嗎？真令人幻滅耶！』」

吊兒郎當的輝俐璃音夢如此說道，聳了聳肩，表現出一副感到傻眼的模樣。

「『小唯和璃音夢！』」

桃園真由香如此說道，露出燦爛——換個說法，是極其諂媚的笑容，輕聲低喃。

「『……原來如此，你們兩人也要與我為敵嗎？』……我們是敵人嗎？」

「騎士團長的兒子與吊兒郎當系美形花花公子！當然是妳的敵人，是砲灰角色就是了。」

「『真遺憾。明明兩人都還滿優秀的，竟然被那種Pink of the dead籠絡，真令人失望。』」

狂三心想自己實在沒什麼興趣，所以語氣很平淡。但她倒是挺喜歡Pink of the dead這種莫名其妙的辱罵。

「『妳終於露出真面目了，奸人……！士兵！把她抓起來！』」

蒼說完，狂三亮出扇子優雅地笑道：

「『你們敢碰我一根汗毛，我就把你們全殺了。』……不，我說得更正確一點吧。『戰火已經點燃，我要把你們全部殺掉。〈刻刻帝〉！』」

扇子變成老式手槍，另一把長槍不知從哪裡冒出，飛到反派千金的手上。

她優雅、妖豔，並像烈火般舉起手槍。

「『大夥兒，給我上！』」

於是——————！

「戰鬥場面不重要，跳過。」

「……等一下，響？妳打算跳過我大顯身手的場面？」

「呃，因為啊，仔細描述不費吹灰之力就能打贏的戰鬥場面也沒什麼意思嘛……被說是欺負弱小也無法反駁……」

「哎，我的確沒什麼……………………折磨弱者的習慣。」

「……就當作是這樣吧。」

地雷警報響起，響很識相地避開地雷。當然，王子命令的士兵全軍覆沒，其中騎士團長的兒子（女兒）佐賀繰唯和痞子男（女）輝俐璃音夢也被收拾得乾乾淨淨。

「噫！討厭好可怕真的好可怕我不想死不想死不想死呀——！」

桃園真由香躲過一劫，「嗚哇～～」地嚎啕大哭，丟下王子蒼落荒而逃，然後像是完成她的任務般消失得無影無蹤。

「呃，呃～～……『這是怎麼回事？我……被騙了嗎！』」

蒼語無倫次地組織語言，似乎硬是將路線拉回正軌。如果是蒼本人，肯定早就興高采烈地與狂三交手了吧。就這層意義而言，的確是截然不同的兩個人。

「『我誤會妳了，希望妳原諒我！』」

「『不，我絕不原諒。』」

「怎、怎麼這樣……嗚嗚，時崎狂三～～！」

蒼一臉震驚的模樣，全身變成半透明。

「呀～～我快要消失了！狂三、狂三，快幫幫我！」

「『……王子，你還喜歡我嗎？』」

「『那是當然！』」

「那麼……」狂三莞爾一笑，大步走向蒼王子。

「『你就跪下來乞求我原諒吧。否則——』」

「我跪下來求妳～～！」

蒼王子二話不說便答應了。

「……啊，我是旁白。呃～～就這樣，時崎狂三成為了夢魔帝國的皇帝，締造永世和平。真是可喜可賀呀……」

「哇～～」不知從何處傳來如雷的歡聲喝采與掌聲。狂三將老式手槍再次恢復成扇子後，鬆了一口氣。

「雖然有許多想抱怨的部分，但還滿好玩的。響，妳覺得如何呢？」

「我自然是樂在其中啊！哎呀～～反派千金狂三真是超帥氣的！」

狂三雖然對「反派」這個詞有些不滿意，但響似乎是真心誇獎她帥氣，於是她嘻嘻笑道：

「妳竟然對皇帝如此不敬。」

響也哈哈大笑，搔頭道歉。

「不過，要是狂三當上皇帝，就各種意義來說，似乎會打造成一個有趣奇異的反烏托邦帝國呢。這也挺有……哦，下一扇門也打開了耶，狂三！」

一道如城門般巨大的鐵門出現在回頭說話的響與狂三面前。

「希望接下來是有關過去的事物。如果是夢境，感覺又要遭遇什麼亂七八糟的事了。」

「不好意思，我的夢境讓妳見笑了……」

「說真心話。」

「都看見扮演反派千金的狂三了，接下來會出現什麼場景我都無所謂啦！」

狂三正想輕輕戳一下響的腦袋時，突然發現一件事。

「哎呀，妳又長高了呢。」

正如狂三所說，響又長大了一點。手腳變得修長，身體各處也開始出現些許第二性徵。

「啊，真的耶。唔～～大概是十三歲左右吧？」

「……嗯。」

「反正妳又要吐槽我哪裡有缺點了吧，我知道啦！」

「不，這倒是沒有。」

「咦……？所以，妳果然是喜歡我，覺得平常的我可愛極了是嗎？」

「……沒有，個性是一樣沒有改變。真是麻煩，快點成長到原來的模樣，這樣我比較方便吐槽。」

「還說沒有喜歡～～！好啊！我要趕快長大，超過妳的身高～～！」

「是是是。」

然後，狂三微微一笑。啊啊，就是這樣，和她鬥嘴總是能緩和、刺激我的心靈，偶爾會勾起某種有別於戀情的情愫。

狂三渴望卻又忌諱這種感情。沒錯，必須迴避這種感情。因為狂三隱約預測到這種感情遲早會化為焚燒自己的火焰和毒素。

總之，下一扇門開啟後，狂三與響便來到了第九領域。

眼前所見的是第九領域的支配者，同時也是S級偶像絆王院瑞葉。她露出不可一世的笑容，湊近麥克風吶喊：

「在這裡，必須以唱歌決勝負！」

當然，狂三的服裝也變成之前的偶像靈裝。

「正合我意。」

狂三再次開口歌唱，硬拖著本想在一旁觀戰的響，將她的衣服變成與自己相似的偶像靈裝。

雖然不算意外，緋衣響的歌聲還挺動聽的。不過她倒是抱怨自己本來想在後方扮演製作人的角色就是了。

於是，下一扇門打開後，又是緋衣響的夢境。

「在類似大奧後宮的地方發生了神祕殺人事件，必須在那裡推理出犯人對吧？」

「大概就是這種感覺！」

「情境設定得真仔細呢……話說，響。」

狂三看著鏡子裡打扮成花魁模樣的自己，嘆了一大口氣。

「妳是不是對文化理解錯誤了呢？」

「有嗎？我只要狂三看起來性感美麗就好了。」

響露出完全沒在反省的表情如此說道。順帶一提，在大奧發生的神祕殺人事件的犯人是將軍（又是蒼扮演的）。

下一扇門開啟後，兩人來到女王不在的第三領域。

面對無數頂著女王面孔的空無所發動的攻擊，狂三大顯身手、所向披靡。對方之所以不堪一擊，恐怕是因為響「想見識狂三大顯神通」的願望吧。

「大開殺戒真暢快……〈刻刻帝〉也覺得很開心呢。」

「狂三，妳這句發言很野蠻喔，修飾一下吧。」

狂三連忙清了清喉嚨。回顧剛才的發言，狂三自己似乎也覺得有點不妥。

「戰鬥……真是空虛呢。我最討厭戰鬥了。」

響對露出憂鬱神色的狂三感到有些畏懼。

「修飾過頭了，反倒令人毛骨悚然……嘴上說最討厭戰鬥，結果卻打得十分盡興的樣子。」

「……好了，去開下一扇門吧。反正妳的身體也完全成長到原本的狀態了。」

「好～～！」

於是，兩人打開下一扇門。

「啊。」

響不禁發出叫聲，因為她們又來到第十領域，只是場所不同。至少狂三對眼前的景色毫無印象。

「啊啊～～……啊啊，這裡。最後來到這裡啊。」

完全恢復原本姿態的響一臉懷念地跪坐在地。狂三歪頭表示疑惑。響望著只有圍牆和牆面，除此以外空無一物的空間。

「這裡是……？」

「是我遇見妳的地方。」

「哎呀。」

狂三是從另一個世界掉落鄰界的彷徨者，在這裡邂逅了緋衣響。然後，響做出了「選擇」。

「我在這裡變成了時崎狂三——」

「我在這裡變成了緋衣響呢。」

響渴望獲得力量以便復仇，狂三則是渴望生存的目的而與之同行。

接著兩人踏上了漫長的旅程。

這時突然響起一陣腳步聲，狂三和響回過頭後——輕輕倒抽了一口氣。

「妳說什麼都不肯讓出來嗎？」

眼前的冒牌貨——時崎狂三如此說道。

「拜託妳，讓給我吧。」

眼前的冒牌貨——緋衣響如此說道。

「我辦不到。我要在這裡給妳致命一擊。」

真正的——時崎狂三如此斷言。

於是，緋衣響跳過現場三人的思考……概念、認知。

「應該說，給我女王的力量吧。」

……現場一陣沉默。站在她身旁的狂三愣了一下後，啞然地望向旁邊。眼前的冒牌貨搭檔聽見響出言不遜，便停止了動作。

響若無其事地告知：

「咦？我說了什麼奇怪的話嗎？因為這份力量如果不能對狂三有所助益不就太浪費了嗎？」

「——是沒錯啦……」

狂三不知道該傻眼還是該一笑置之。總之，聽完響這種大膽的想法後，她嘆了一大口氣。

「哎，我不奢望能完全得到白女王的力量。不過，若是能獲得她一部分的體能、天使和靈裝就好了——」

就在這時，兩名冒牌貨朝她們攻擊過來。

似乎是聽不下去了。

「〈刻刻帝〉！」「〈刻刻帝〉！」

「〈王位篡奪〉！」「咦，不會吧，她竟然能使用我的無銘天使！」

「妳沒辦法使用嗎！」戰爭無視狂三的吶喊，徑自揭開序幕——

○女王的凱旋

——必須做最後的調整。

慎重再慎重地調整「時鐘」。第五領域……變質的靈力與現在是過去逝世的支配者所成立的世界法則。

基於這個世界法則來「竄改天使」。

目前已發現了可能性，接下來只等實際證明。

……少女磕磕絆絆地思考著時崎狂三的異常之處。出類拔萃的戰鬥品味、瘋狂的鬥志、極其堅韌的〈神威靈裝(Elohim)·三番〉，以及〈刻刻帝〉。

每一項條件都很棘手，不過幾乎和少女的能力相同。

當然，〈狂狂帝〉是最強的兵裝，擁有凌駕〈刻刻帝〉的力量。弱點不少的〈刻刻帝〉在這一方面可說是有些不利。

既然如此，剩下的就是單純的戰力差距。不過，單靠空無是沒用的，她們終究只是配角。而三幹部——KNIGHT、ROOK、BISHOP全都中看不中用。

那麼答案就非常單純了。

那個時崎狂三沒有，而自己有的東西，便是「龐大的過去」。

換句話說——

就是模仿讓本來的時崎狂三成為最強的那顆子彈——「第八顆子彈」。

少女慎重再慎重地調整天文鐘。

◇

總歸一句，就是兩三下清潔溜溜。

「嗯。用小說來比喻的話，就是一行帶過呢。」

「畢竟……一開始就朝自己射擊【一之彈】，隨後立刻朝冒牌緋衣響射擊【七之彈】凍結她，再用她當盾牌擋子彈，擋完子彈直接把她扔向冒牌狂三，在冒牌狂三整個人失去平衡時，高速移動到她的背後連續射擊……狂三，妳的判斷力真不是蓋的呢。」

實際上，若是狂三判斷力不果斷，戰鬥很可能延長。

不過，她用兩招發揮出最大限度的效率後，立刻解決了敵人。

「我很了解自己的弱點，所以能立刻想出辦法來對抗。」

「是不容反抗的強大力量嗎？」

狂三露出猖狂的笑容，點了點頭。

「剛才的『我』經驗還不足，只是金玉其外而已。所以，接下來該怎麼辦？還要繼續踏上旅程嗎？」

「——不不不，旅程到此結束。」

響回過頭，露出在晴天期盼降雨般望穿秋水的表情。

「是這樣嗎……？」

「不過，還有另一個辦法。就是在這裡永遠生活下去，妳覺得如何？」

響浮現天真無邪的笑容，說出語不驚人死不休的話。

「……妳這話是什麼意思？」

「我想外面的時間應該是靜止的，因為這裡是意識的世界。那麼，就算在這裡度過十小時、十天……甚至是十年，外面的時間也不會流逝。」

「在這空無一物的空間生活嗎？」

「在這裡能創造出一切事物。」

響的話中帶著真心。狂三思考片刻後問道：

「如果我不願意呢？」

「妳忘記了嗎？這裡是我的意識世界，所有事都能遵從我的心意。要把妳永遠困在這裡，根本是輕而易舉。」

「……是嗎？」

「……沒錯。」

接著一陣沉默……或許正如響所說，目前等於迷失在響的精神層面這樣的巨大迷宮之中。只要她不放手，這個世界的時間也許就會一直保持靜止。

「如果妳想要，我們再過一次學生生活吧？像這樣……嘿～咻。」

響轉了一圈——她的靈裝便像變魔術一樣產生變化。

「……妳知道這身制服？」

「我以前和妳閒聊時聽妳提過。我想應該是這種感覺吧。」

那是狂三以前讀高中時所穿的制服。

「要不要逛一下？」

狂三正打算回答響的提議時——因為有些吃驚而支支吾吾。

她剛才看見了幻影，站在她身旁的並不是響，而是過去的同學、曾經的摯友。回想起的是望著傍晚時分拖出的長長影子，天南地北聊得正起勁的那個時候。

回過神來，已是黃昏，火紅的陽光刺痛雙眼。

狂三的靈裝似乎也被響貼心地換成了制服。

「可以呀。」

「那就走吧。」

兩人邁開步伐。道路綿延朦朧，好似永遠也走不完。

啊啊，對了。她們兩人總是像這樣一起回家，有時會順道去彼此的家裡玩，或是去便利商店買點食物，兩人閒話家常。

每天過得安穩、柔和又充滿慈愛。盡力過好日常生活，每一天都很開心、很知足。

「響，妳有感冒過嗎？」

「沒有耶。雖然在鄰界也會感冒，但病由心生嘛。」

原來如此，那響肯定從來沒有感冒過。

「感冒時才明白健康有多重要。人類就是這種生物。」

失去後才明白，那些如寶石般的日子之於狂三就像上述的健康。

可是，已經無法挽回了。既然踏出一步，就必須負起責任。

——再見了，青春時代的我。

狂三對自己這麼說，做了一個深呼吸，驅逐幻影。忍住快要奪眶而出的眼淚，輕聲告訴自己

「沒事的」。

她突然想起學生時期上國語課時讀到的小說中，一名男子離開故鄉時的獨白。

老舊的房子與故鄉的山水逐漸遠去，少年時期美好的記憶也跟著逐漸淡薄，真是可悲。

不久後，摯友的臉孔變回響的模樣。剛才還歷歷在目的放學後的記憶也立刻變得模糊不清。

狂三心想這也是無可奈何的事。然後，響突然開口說道：

「仔細想想，鄰界成立的過程或許也是這樣吧。」

「怎麼說？」

「那個溫柔、嚴厲、甜美又寂寞的世界……也許只是反映出一名少女的內心世界罷了。」

「哎呀，妳還真浪漫。」

狂三瞪大雙眼。

「不過，我覺得我搞不好猜對了喲。因為我的第六感一向很準。」

「是呀。」

響發現狂三先前拿著的〈刻刻帝〉不知不覺收起來了，便皺起眉頭問：

「妳的槍到哪裡去了？」

聽了響提出的疑問，狂三聳了聳肩回答：

「這裡又沒有敵人。」

——啊，不行。真是敗給她了。

響不禁如此心想。用槍威脅是最簡單的方法。響本來打算如果狂三真的生氣，開槍射她時，她會立刻投降，放狂三離開。

狂三不可能會答應。在這裡永遠生活下去，對她來說實在太沒有吸引力了。雖然響是真心提出邀約，卻也不認為狂三會接受這個提議。

響所說的話對狂三而言無疑是敵對行為。

不過，她卻把槍收起來。這個舉動雖小，卻深深打動了響的心。

時崎狂三信任緋衣響。

才認為響不是敵人，才試圖說服響。那並非暴力，也不是瘋狂，而是真心誠意地對待響。

所以，響才領悟到自己贏不了她。

「……差不多該回去了吧。」

聽見響的提議，狂三莞爾一笑，點頭回答：「好。」

響依依不捨地觸摸狂三過去落下的地方。

「我不是白女王。」

「我的名字叫緋衣響。」

「我是時崎狂三的——朋友。」

「我將與時崎狂三——並肩作戰。」

響呼喚自己的名字，立下誓言。同時颳起颶風，意識的世界逐漸瓦解重組。

恢復成緋衣響這名少女的意識。

「那麼，狂三。」

「嗯。」

「一起戰鬥吧。我會奉陪到最後。」

——狂三讓自己見識到璀璨美麗的事物。

既然如此，在這裡死皮賴臉就太愚蠢了。緋衣響再次從這裡開始，再次成為時崎狂三「最知心」的朋友。

狂三有些恍惚。她似乎也發現了這一點，鬆了口氣。

「那麼我先告辭了。我等妳過來，響。」

狂三就這樣消失了，留下響一人。

不是只有傷心時才會流淚。被狂三信任的愉悅令她喜極而泣。

好了——赴戰場吧。

◇

意識清醒，睜開眼皮。映入眼簾的是時崎狂三有些吃驚的表情。

握起拳頭後，力量自然湧現。

「妳是響，對吧？」

「沒錯！我是緋衣響！」

響微微一笑，狂三便確定那張與現場狀況格格不入的爛漫笑容的確是本人無誤。

「唔。看妳那眼神，我是很奇怪嗎？」

「放心吧，響，妳一直都很奇怪啊。」

「妳不要吐槽得那麼順口好嗎？」

「哎，先別管這個了。妳待會兒自己照鏡子看看，妳的靈裝變得有些可笑。」

「咦？」

正如狂三所說，緋衣響的狀態截然不同。容貌沒有改變，但她原本簡單的靈裝卻變成了軍服風。手持軍刀——第二代無銘天使〈王位篡奪〉。

那副模樣令人聯想到白女王——

「開什麼玩笑……！」

這理由足以激怒ROOK與BISHOP。

「那麼，響。」

「是，有何吩咐！」

「一起戰鬥吧。讓我見識妳的力量。」

「……了解！」

狂三開槍射擊，牽制發動攻擊的兩人；響則乘機深入敵營，身體如羽毛般輕盈。

「我要上了～～！」

響開朗地吶喊，接著揮下軍刀。ROOK以她的無銘天使〈紅戮將〉——紅色巨鐮擋下了這一擊。

然而響犀利地吐氣，朝軍刀灌注力道。

「……！」

趨於下風的是ROOK。響以完成驚人強化的體能與石破天驚的氣勢揮舞軍刀。沒有劍術的基本功夫，靈力的使用方式也不正確，就好比小孩亂玩槍。

不過，就算是亂玩也能扣下扳機，射出去的子彈威力也不減。ROOK被逼到只能防守。

「BISHOP！」

聽見ROOK的呼喚，BISHOP打算移動到響的背後。不過，她正想踏出一步的瞬間，子彈阻礙了她的行動。

「時崎……狂三……！」

「哎，要響對付妳們兩人，目前還太勉強了。就讓ROOK再陪她練習一下子吧。」

狂三爽朗地笑道。

每當巨鐮與軍刀交鋒，都會發出鋼鐵的哀號聲。響的劍術還很生疏、笨拙，ROOK判斷她並不難對付，便靜下心，拉開距離，由下往上揮舞鐮刀，試圖用刀刃劈向響。

不過，響一邊揮下軍刀一邊跳躍，讓鐮刀的刀柄與刀刃碰撞，飛向空中。

「**分裂，攻擊。**」

ROOK咂了咂嘴，同時讓巨鐮分裂，瞄準空中的響投擲出去。

「哇、嗚、喔！」

響慌慌張張地扭轉身體迴避，但著地時沒站穩，摔了個狗吃屎。

ROOK沒有錯過這個機會，正打算揮下巨鐮時——突然背脊一陣發涼。立刻停止動作的那一瞬間，證明了她的感受是正確的。

她猛然起身，應該說跳起來。

響本來朝ROOK的心臟位置猛力地刺出一刀。

「咦，失敗了嗎？真可惜。」

如果ROOK晚一秒做出決定，她的心臟肯定已中了一刀。她對這個事實感到十分驚恐，而這恰巧成為狀況急速惡化的證據。

也就是說，現在的響——正「加速」變強！

ROOK一臉不甘心地咬牙切齒，大喊：

「伸長。」

她手持的巨鐮越伸越長。ROOK橫向揮舞巨鐮，調節與響之間的距離。

響不服輸，再次突擊，卻被巨鐮長得誇張的攻擊範圍阻撓，刀尖完全碰不到對方。

「響～～距離完全不對，妳不能貿然遠離對方～～」

一道悠閒的聲援從遙遠的後方交錯傳來。

「妳快來幫我啦～～！」

「我早就在幫了～～」

狂三說的沒錯，她以射擊支援，一邊牽制BISHOP一邊慎重地關注ROOK與響的戰鬥。而且也隨時幫忙那些對抗源源不絕冒出來的空無，拚命死守防線的準精靈。

「應該說，響，別擔心，妳一定能打贏的。」

然後，狂三如此斷言。

響瞬間眨了眨眼，立刻鼓起幹勁。

「我相信妳～～！」

既然狂三確定自己會贏，響便認同她的信賴。

響會跟隨狂三直到最後一刻。

「混帳……！」

響用軍刀擋下ROOK使出渾身解數橫向揮出的巨鐮，一邊滑動刀刃一邊逼近ROOK。ROOK擁有只靠一句話語便能讓巨鐮分裂、燃燒、投擲出去的力量。

由於應付的對策太多，會導致選擇行動時慢半拍。就這層意義而言，狂三與ROOK在對戰時會顯得不太得心應手。

相反地，只顧著勇往直前的緋衣響正好能克制ROOK戰鬥時的特性。

毫不猶豫、心無旁騖，定下的目標便是取對方的首級。ROOK最好的選項是暫時扔下巨鐮，跳向後方拉開距離。

然而，響的存在本身卻消除了這個選項。

「面對區區一名準精靈，還是傲慢地盜取女王力量的女人，自己怎麼可以選擇逃跑」。

ROOK產生了空無本不該擁有的激動與憎惡的情緒。

目睹冒牌女王笨拙的模樣而內心不斷動搖，便是她失敗的主因吧。

軍刀的刀刃從脖子右側陷入左側的鎖骨，在血噴出來之前，ROOK就已經先消失了。

「……咦，我贏了。」

BISHOP啞然凝視著勝利的響。死亡是榮譽，消失是新的三幹部的誕生，而她們卻偏偏——

「妳究竟是何方神聖……！」

敗給了這樣的冒牌貨——真是屈辱至極！

BISHOP衝了過來。

「哇、嗚、喔！」

響發出奇怪的聲音迴避BISHOP的斬擊，在千鈞一髮之際澈底躲開BISHOP的小劍。這一劍若是刺中，肉體和精神方面都會承受不小的重力。

「混帳……！」

刺中吧、刺中吧、刺中吧！只要刺中，應該就能打敗她——！

「我說，妳這樣好嗎？」

響一邊拉開距離一邊如此詢問BISHOP。

「什麼意思——」

響一臉純真無邪地指向遠方。

那裡有一名浮現瘋狂笑容的少女。

「無論如何，竟然敢忘記狂三的存在，實在太誇張了。」

BISHOP聞言，連忙回過頭的瞬間，子彈便剜挖了她的心臟與頭頂。

「啊。」

BISHOP痴呆地張開嘴，全身癱軟，消融在空氣中。

響與高采烈地奔向狂三。

「……狂三，太好了！我們兩個打贏了！」

「是、是，我們戰勝了……不過，最重要的女王卻不在。」

「就是說啊，我也很在意呢……」

「響，妳有什麼頭緒嗎？畢竟妳曾經短暫化身為白女王……」

「沒有耶。我光是要維持自我的這個概念……認知不被女王吞噬，就已竭盡全力，哪還有餘力注意外界的事情啊。就好像是在夜裡划著小船對抗狂風暴雨的大海一樣。」

與其說好像，根本就是上述所說的世界。

「話說回來，虧妳知道是我變成女王呢……」

「別看我這樣，我心眼壞得很。站在女王的立場來思考，馬上就猜中了。而且仔細觀察後，有許多地方都顯得不自然。」

響聽見狂三若無其事地如此說道後，嘆了一口氣。

「……我覺得啊，妳可怕的地方就在於竟然能在戰鬥時有條不紊地思考這種事～～」

說是上帝視角就太誇張了，但不會沉迷於眼前的戰鬥，能以第三者的視角來思考事物，無非是一種才能。更別說一邊戰鬥一邊冷靜思考其他事情了，簡直是神乎其技。

「如今三幹部已被殲滅，只要女王不來，剩下的不過是烏合之眾……這樣看來，真正的女王差不多該凱旋歸來了吧。」

「嗚嗚，希望她不要來。」

「要是她不來，反而會徒增我們的困擾。」

倘若女王不來，就代表她有其他目的。而那無庸置疑會成為致命的打擊。

「不過，狀況對我們超級不利的。要是女王很正常地與她們一起攻打我們，我覺得我們大概會輸。」

「大概，是吧？」

「？」

「響，妳還記得在第三領域與女王交手時的事嗎？」

「我只目睹到最後……」

「那場戰鬥有驚無險。我當時絞盡腦汁，把百分之百應該會戰敗的局面整個扭轉成平手。」

「……原來如此。」

「她或許就是害怕這一點。她所追求的是百分之百確實的勝利，而非『大概』能獲勝。」

「不、不不，如果因此失去軍隊的戰力，不就本末倒置了嗎！」

響說得不錯。就算能用【蠍之彈】不斷讓三幹部復活，也有一定的限度。

況且，與【八之彈】相同的那顆子彈也需要耗費大量的時間（或是靈力。狂三猜想既然白女王擁有反轉體的素質，她的武器想必需要透過消耗時間來達成）。

強大的能力經常需要龐大的耗費。

無論是靈力、時間或是其他東西，都一樣要遵守等價交換的原則。

狂三思考片刻──突然想到一件事。

「……響，妳記得妳被擄走時是被帶到哪裡去嗎？」

「不，我完全不記得。穿過傳送門後，我就被帶到一個空無一物的房間。」

「不是，我是問妳有沒有『跨越領域』。」

「啊～～這個嘛……我想應該沒有。」

「也就是說，是遭到洗腦後才跨越領域的嘍……如此一來……」

狂三與響曾經去過第五領域，那個天馬行空的奇幻世界適用的是之前的領域所沒有的世界法則。

竄改自己的能力。

基於不穩定的靈力與法則所存在的犯規技能。狂三也已在第五領域將在鄰界無法使用的【十一之彈（Yud Aleph）】與【十二之彈（Yud Bet）】進行改良。

換句話說，白女王當然也熟知第五領域的特性吧。

原來如此……女王之所以在第五領域發動奇襲，就是基於這個理由嗎？之前那名召喚術士召喚的假精靈只是誘餌？

等一下、等一下、等一下。

如果自己站在女王的立場會怎麼辦？她所擁有的〈狂狂帝〉——恐怕和狂三一樣有十二種能力，而且應該至少有一種能力是用起來不順手或是沒必要使用的。

那麼，假如能竄改能力，她會渴望何種能力？

——想必是時崎狂三的能力。

因為她已經從岩薔薇身上獲得了〈刻刻帝〉的情報。當然，其中大概也有她不知道的子彈，但主要使用的子彈擁有什麼能力，她應該幾乎都了解。

……而眼前的緋衣響——

「被迫成為了白女王」。

啊啊，該不會……可是，怎麼可能，不過……如果、如果真是如此……

「狂三……？」

「響，我猜……」

狂三表明自己的想法。這種時候，響就扮演了寶貴的傾聽者一角。如果自己的推測錯誤，她會以她豐富的知識指出錯誤。

然而，她只是嚴肅地點點頭，並未反駁。

「……妳覺得我分析得如何？」

「雖然不想承認，但妳分析得無懈可擊呢……所以，妳覺得假如她要模仿妳的能力，會模仿哪一種呢？果然是【七之彈】吧？」

「不對，妳猜錯了。」

能讓時間停止的確是非常高超的一種能力。若是命中對方，便能一擊斃命吧。

不過，狂三有更強大的子彈。

那是身為分身的狂三無法輕易使用的王牌中的王牌。

「呃，那麼是——」

也難怪響猜不到答案，因為狂三很少讓她見識那顆子彈的力量。用那顆子彈產生的時崎狂三只有兩人，那就是在第三領域戰死的年幼時崎狂三與岩薔薇。

那顆子彈「實際上能以接近無限的形式增殖」，儘管當然有極限，戰力也足以拿來當作砲灰使用。

啊啊，她不自覺想像最糟糕的情況。

──不論是擁有能將空無變成三幹部的【蠍之彈】。

──還是拷問與自己站在相同立場時的時崎狂三，調查子彈的特性這件事。

──抑或是在第五領域擄走緋衣響，把她變成白女王。

〈時崎狂三，打擾一下。〉

篝卦葉羅嘉傳來心電感應，狂三回應：

〈……什麼事？〉

〈空無軍全都停止了動作……這……可以攻擊她們嗎？〉

狂三聞言，連忙望向周圍。

空無軍宛如時間靜止似的一動也不動。就連蒼也猶豫著是否該攻擊而靜觀其變。

「我們……打贏了嗎？」

「不，不對。」

狂三立刻推翻響的猜測。若是一廂情願地如此推斷，可就沒辦法應付之後的地獄。

……她馬上就要來了吧。必須趕在她來之前通知所有人。

〈各位，聽得見我說話嗎？〉

狂三使用葉羅嘉的靈符向位於戰場的所有人傳送心電感應，其中也包括在她身旁的響。收到

所有人表示「聽得見」的回答後，狂三繼續說：

〈我想妳們已經知道，白女王是響變身而成的冒牌貨。也就是說，真正的白女王還沒來到這裡，不過也不像是干涉了控制第二領域靈力的系統。當然，也並未前往第一領域。〉

〈妳怎麼知道？她可能發現其他操作靈力的手段。〉

葉羅嘉擔心的狀況是白女王以戰爭為藉口出動所有空無，另一方面又在操作靈力。

〈可能性很低。怎麼可能在這個時機突然找到過去一直找不到的東西？〉

〈……可是，那她為什麼不出面戰鬥？如果白女王在，這場戰役大概會是我們吃敗仗。〉

狂三否定蒼說的這句話。

〈「那可不一定」。考慮到我和支配者的潛能、被對方先發制人而敗北這些諸多因素，不得不追求必勝。而空無和三幹部的不確定要素又太多。〉

即使空無犧牲性命也敵不過狂三和支配者。三幹部強歸強，然而一旦被打倒，就必須以【蠍之彈】使其復活。

……當然，她們本來就夠強了。

但應該打不過時崎狂三（事實上，KNIGHT幾乎是一敗塗地），ROOK與BISHOP甚至被看穿了能力。

〈女王比我們想像的還走投無路。〉

〈等一下。那麼——她並非逃跑，也並未進行我們預想中的戰鬥，那她有何企圖？〉

面對雪城真夜的提問，狂三下定決心說出答案。

〈女王她——恐怕是企圖「模仿」。〉

〈……模仿？〉

〈模仿我的能力，而且恐怕是岩薔薇過去被奪走的那項能力。女王執著地對那項能力進行分析，在第五領域將它「竄改成一種技能」。〉

狂三感覺所有人倒抽一口氣。

〈……我問一下，女王模仿了妳的哪一種能力～？〉

阿莉安德妮提問。

〈我用〈刻刻帝〉能使用的最強子彈，而且是我「為了維持自我」而避免使用的子彈。第八顆子彈——【八之彈】。〉

「狂三，那是……！」

〈【八之彈】能重現過去……具體而言，是從我自己的過去選出某一瞬間，製造出分身。〉

〈……我（岩薔薇）就是具體的例子。〉

岩薔薇呢喃一句。

〈等一下、等一下！所以是什麼意思？白女王會增加成無數個前來嗎？〉

〈——妳說對了，篝卦葉羅嘉。〉

葉羅嘉驚慌失措地說道；而回應她的並非狂三。

「狂三……」

「出現了。真是糟糕透頂。」

狂三嘆了一口氣，凝視著一名慢慢走近的空無。

從肩頭被撕開一大條裂縫的她神情恍惚，走路搖搖晃晃。

然後，純白的黑暗從她裂開的肩膀滑順地爬出。

「白女王……」

「嗨，時崎狂三。餘興節目有趣嗎？」

狂三對她強勢的語氣感到有些失望似的嘆了一口氣。

「哎呀、哎呀、哎呀，又是這種語氣呢。」

「如果妳是指『她』，她好像不想和妳見面呢。我勸妳最好不要妄想能再次和她說話。」

白女王——「將軍」如此說道。

「【八之彈】。」

「……哦，妳發現了嗎？」

時崎狂三說完，女王淺淺一笑。

「是的、是的，我發現了。這戰術真是狡猾，很符合妳的個性呢。」

面對狂三的挑釁，白女王聳了聳肩回答：

「隨妳怎麼說。好了，各位，『蹂躪戴冠』的時間到了！」

女王彈了一個響指。

於是，女王接二連三踩著肩膀被撕裂的空無出現。

「怎麼會……」

緋衣響愕然呢喃。一、二、三——

狂三眼前有五個女王，外形與本體一樣，沒什麼改變。武器是軍刀與塗白的老式手槍——

〈狂狂帝〉。

「五個啊……」

「不滿嗎？」

「不，怎麼會。這數量不少呢。還是說，這是妳的極限？」

「並非如此，極限在於人數有限。」

「人數——」

狂三聞言，這才恍然大悟。慘了……！必須馬上處理掉「她們」！

「【八蠍之彈】——！」

不過，白女王早一步對不知何時走近的空無射擊那顆子彈。

「雖然花了不少時間，總算是順利完成了。妳的【八之彈】與我的【蠍之彈】，各有利弊。妳的消耗時間太過龐大，我的則是製作的人體模型強度有限。」

所以才組合在一起。

直到剛才還是隨處可見的無名小卒少女消失無蹤，反倒誕生了一名新的女王。這樣就有六名了，包含本體在內，總共是七名。在鄰界肆虐的最凶惡精靈「們」就此現身。

「——真是卑鄙，妳從一開始就是基於這個理由才將空無聚集在一起的吧。」

狂三唾棄似的說道。

「沒錯。我本來就不需要部下和瘋狂的信徒，我想要的只有能成為材料的她們。這不是很正常嗎？有一名天下無敵的強者，那麼只要不斷仿造她——就能擁有一群全是無敵強者的最強軍隊。我現在就證明給妳看。」

說完這句話的同時，五名女王同時將槍指向空無。

「【八蠍之彈】。」

五發子彈將五名空無變成了白女王。

「怎麼會……這樣……我們絕對……贏不了……！」

響茫然自失地哀號。在遠處窺視這邊情況的篝卦葉羅嘉與其他支配者也散發出濃厚的敗北與絕望氣息。

「才沒這回事。」

只有一名少女試圖面對、瞪視、緊咬絕望。

「時崎狂三，妳打算怎麼辦？」

「還能怎麼辦，事情很簡單。我要打倒妳，打倒不是分身而是本體的妳。如此一來，她們就全都會消失了，對吧？」

聽見狂三如此直言不諱，白女王冷酷地笑道：

「或許吧。不過，妳以為我會讓妳如願以償嗎？」

「我當然會竭盡全力嘍。」

「嗚哇～～……簡單明快～～……」

響露出苦笑，但還是立刻恢復冷靜。現在白女王的數量是最初的一名、後來的五名、本體生出的一名加五名。六加六，共十二名。

當然，她們會快速增加數量吧。

不過生產應該會有一定的限度。

……不這麼想的話，根本沒有鬥志對抗。老實說，狀況非常絕望。

〈我是響。各位——請全力消滅空無！要不然，女王會以極快的速度增殖！〉

〈岩薔薇，妳去前線跟真夜她們並肩作戰。〉

〈可是，這樣的話——〉

〈我來壓制她，絕對不會讓她前往第一領域。〉

狂三如此說道，沉默片刻後，兩人便表示同意。

「好了……」

狂三望向響，把手放在她的肩上。

「響，這次我幫不了妳了。幸好妳有力量戰鬥，可別死了啊。」

「……我盡量嘍……！」

響的回答十分明瞭。怕歸怕，卻並未因此受困於絕望。

〈那麼，最後我要對各位說的是——〉

狂三猶豫了一會兒後低喃：

〈妳們是我的好夥伴，「千萬要活下來」。〉

所有人倒抽一口氣。

接著，狂三像在忍住害羞的情緒，一語不發地邁步奔馳。

「啊～～……」

這樣不行。

這樣太犯規了。

既然如此，那就沒辦法了。自己無論如何都得拚命活下來！

所有人團結一心的同時，「一群」白女王與空無如排山倒海般襲來。

◇

狂三說的話令蒼感受到腦袋麻痺般的衝擊。

「喔喔～～……」

原本精疲力盡的肉體逐漸恢復活力。她轉動脖子發出聲響，望向從另一端逼近而來的白女王們。

「……好，戰鬥吧。」

那個時崎狂三，那個本領瘋狂的怪物，竟然說我們是她的好夥伴，並且要所有人都活下來。

既然如此，我一定要活下來。那麼，什麼會妨礙我活下來呢？

「……嗯，那就是妳們。」

蒼深呼吸後發出的咆哮與其說是猿叫，更像獅吼。凶惡、勇猛又殘忍的肉食性野獸的吶喊。

如今，自己必須單槍匹馬戰鬥，不過自己並不孤獨。正如時崎狂三剛才所說的那樣，自己擁

有足以依靠的夥伴。

「哎呀，妳似乎充滿了活力呢。」

「當然。若是有準精靈聽了那句話還死氣沉沉，我還真想拜見一下呢。」

「怎麼聽起來像在虛張聲勢呢。」

白女王說得沒錯。

蒼全身染紅，大概是眼瞼受傷了，閉起一隻眼睛。手指有三根骨折，光是握住長柄便感到劇烈疼痛。

不只如此，她的身體不斷受到攻擊與爆炸的衝擊波蹂躪，身心都已千瘡百孔，然而絲毫看不出她在忍受痛苦的樣子。

「妳切斷痛覺了嗎？」

「不。我想我只是——滿會忍的。」

蒼回過頭，映入眼簾的是不下十名的女王。她們舉著手槍、軍刀包圍住蒼，同時開口：

「可是，妳的靈裝已經破破爛爛了喲。」「無銘天使也出現龜裂。」「傷口很深。」「別說打贏我們了，妳根本很難活下來。」「就算站起來繼續戰鬥，也毫無意義。」

白女王說完，蒼一臉疑惑地歪了歪頭說道：

「我想問一下，這些能成為我不戰鬥的理由嗎？」

蒼是真的不理解。

衣衫襤褸對她而言是家常便飯，無意義的戰鬥也經常為之。

況且戰鬥雖然快樂，卻令人難受；雖然快樂，卻令人悲傷；雖然快樂，有時也會令人絕望。

無用、無益、無情。

不過，這些對蒼來說根本不足為奇。因為所謂的戰鬥就是如此。

「如果認為戰鬥只有勝利與榮耀，那女王還真是幸福呢。因為戰鬥也確實存在著敗北和屈辱……啊啊，這樣啊，因為妳不明白這些道理──」

我才不想跟妳交手。

「……聽起來只是在嘴硬呢。」

「沒有啊，隨妳怎麼解釋。來吧，『雖然我不想跟妳們打，但還是行行好陪妳們打吧』。」

蒼舉起戰戟──無銘天使〈天星狼〉。

始終站在最前線的她視線已不再追著時崎狂三。足夠了。聽到狂三說出那句話，就太足以理解了。

「嗯。為夥伴而戰──心情好極了。」

那副模樣甚至令人感受到一種神清氣爽的美。蒼難得開懷大笑，然後，開始進行不知道第幾次的正面突擊。

凱若特・亞・珠也感到很矛盾。

她喜歡穿類似男裝麗人的衣服，但有時也想穿穿可愛的衣服。

她把撲克牌當作部下看待，有時也會把她們當作前輩尊敬。

她本來認為不需要戀愛，但有時也覺得談戀愛不錯。尤其是以前在第三領域生活時，聽說有關鄰界編排的傳聞——觸摸黑色柱子，會出現如太陽般開朗的少年。

凱若特當然怕死。不過，有比死更害怕的事。

那就是戰死在這個戰場。

如果自己喪命，就如同千里之堤潰於蟻穴。能稱為戰力的撲克牌們消失，周圍將會兵敗如山倒吧。

如此一來，所有人都會沒命。阿莉安德妮、葉羅嘉、蒼、岩薔薇、雪城真夜，恐怕連時崎狂三也難逃一死。

凱若特心想：那會是世界的損失。

啊啊，可是，她實在害怕得要命。若是意志不堅強，恐怕連操縱撲克牌的手都會抖個不停。

「事情就是這樣，各位……妳們說我該怎麼辦……」

凱若特有氣無力地詢問自己的四張撲克牌部下。

『還能怎麼辦，只能意志堅強了是也！』

黑桃A說了最適當的意見，雖然她全身就快要支離破碎。

『正如我之前說過的，只要想成光是能活著就賺到了便可！況且，別死在戰場就是最重要的，所以我們才會在這裡奮戰吧。』

梅花4激勵凱若特，雖然她腰部撕破一半。

『我們也快到達極限了，盡量派新人過來嚕！』

方塊9告知自己等人將要消滅，因為受到靈晶炸藥爆炸的衝擊波影響，甚至無法攻擊敵人。

『請不要傷心～～！反正有新的撲克牌會代替我們～～！』

紅心Q笑道，雖然她即將消失。

四張撲克牌狀態比凱若特還淒慘，仍拚命垂死掙扎。她們露出無所畏懼的笑容，鼓勵著凱若特。

「——嗯，我不會傷心。我會好好決定妳們的接班人。」

她不能死的理由就在這裡。

這些撲克牌全為了自己賭上性命，如果自己死掉，渺小、臭屁、可愛至極的她們便會被人遺忘。

這句話讓她們聽見了凱若特的決心。

『那麼——』『接下來——』『就交給妳了。』『加油！』

撲克牌們因為白女王的猛烈攻擊而逐漸消失。不過——

「還早得很呢。〈創成戲畫(Servante Ephemere)〉！」

新的撲克牌們死而復生。凱若特惦念著長時間陪伴自己的撲克牌，露出泫然欲泣的表情——繼續存活下去。

所有人都活下來——狂三的這句話令阿莉安德妮．佛克斯羅特感動萬分，但她認為這樣的可能性很低。

感動歸感動。

「狂三她這個人啊，好像比我想像的……還要好呢……」

不對，若問她是好人還是壞人，應該是壞人吧。她的本質是殘酷的。

只是，惡未必薄情。

善也未必多情。

不過，該怎麼說呢，自己是覺得感動的。而且，接下來似乎沒必要去思考未來的事。

接下來是不折不扣的全力奔馳，盡量消滅成為女王的空無，取回女王的首級。

「無銘天使〈太陰太陽二十四節氣〉——祕太刀．四聖謳歌。」

水銀線編織成四樣武器，刀、槍、斧、盾——各自連接著線，在阿莉安德妮的周圍旋轉。

「真吃力……」

若是只操縱一樣武器，阿莉安德妮能輕鬆辦到，但若是增加兩樣、三樣，操縱起來就複雜了。並非單純增加兩倍的精力，而是必須把刀移動到右邊，再把槍移動到其他地方……如此一來，思考所需的精力便不只兩倍，而且每當武器增加時便會爆炸性地增長。

與其說是大絕招，根本等同於禁招。況且，這本來就是以短期決戰為前提的最終殺手鐧。

不過，現在的阿莉安德妮等人需要使用這一招。

「——嘿咻！」

刀、槍、斧三樣武器飛向空無軍，將她們碎屍萬段，而盾則是擋下了白女王的射擊。

「好累……！」

是腦袋會先燒壞呢？還是會先精疲力盡呢？無論如何，在那之前都必須拚命奮戰。

……啊啊，不過——

「怎麼啦，阿莉安德妮．佛克斯羅特？」

「！」

阿莉安德妮回過頭——中了一槍。雖然只是掠過肩膀，卻被子彈的威力震飛。

「唔、唔……！」

像是有什麼東西附著般的緩慢疼痛。流出的鮮血、動搖的意識，但是非戰鬥不可。然而，匍匐在地的狀態比想像中還要舒服。即使明白自己快要踏進鬼門關，也想多躺一秒。

就在這時，有人出聲對她說話。

「我們來打賭吧。看是妳、篝卦葉羅嘉，還是雪城真夜。」

「……？」

白女王們臉上浮現邪惡的笑容說道。

「賭我能否猜中妳們當中『最先死的會是誰』。」

「……隨妳怎麼說……！」

憤怒減輕了疼痛。阿莉安德妮站起來後，再次展開無銘天使。但她在內心估摸著這次因憤怒而發動的攻擊大概無法維持太久。

憤怒無法持續，靠意志力填補耗盡的體力也有限度。

深呼吸。

只能竭盡全力去做自己力所能及的事了──阿莉安德妮如此決定。

「還早得很呢，我要上了～～……！」

白女王們嘻嘻嗤笑，將槍口指向她，準備迎擊。

雪城真夜來到篝卦葉羅嘉的下方會合。

「——情況還好嗎？」

「不怎麼好。」

葉羅嘉露出苦笑，手指夾著靈符。原本備用多到取之不盡用之不竭的靈符，也來到不得不節約使用的地步。

真夜在來這裡會合之前，也與白女王們交手過幾次。不僅燒燬了一半以上的書，她自己也受了輕傷。

「不過，幸好妳來了，雖然就像延命治療一樣。」

「……或許是吧。感覺很對不起妳呢。」

大概是覺得自己牽連了葉羅嘉，真夜一副垂頭喪氣的模樣。

「這是我自己選擇的道路。反正無論如何，鄰界都會毀滅，必須奮力抵抗。話說回來……數量變多了呢。」

諷刺的是，原本只是蝦兵蟹將的空無如今成了最大的威脅。

白女王——的分身們，並非認真地要與葉羅嘉和真夜戰鬥，主要目的是將空無變成女王。因此，葉羅嘉與真夜必須保護空無不被白女王的子彈射中。

即使如此，白女王依然不斷增殖。

死亡逐漸逼近的感受慢慢侵蝕兩人的心。

「好在增殖的速度降低了。論絕望，還言之過早。」

「話是這麼說……但已經超過一百人了喲。」

每當白女王射擊空無，原本空空如也的她們便會逐漸羽化。

「本來就算超過一千人也不足為奇才對，大概是時崎狂三奮戰的結果吧。」

「——或許是吧。」

葉羅嘉與真夜一邊說話一邊繼續戰鬥。葉羅嘉的靈符、真夜的書本，釋放出火與冰，最後甚至是巨岩，屠殺空無。

不過，女王們在這時介入。

「唔……！」

「為何要反抗？為何要嘲弄？反正都已經是終結的生命了。」

白女王的軍刀閃閃發光，砍向葉羅嘉。想保護葉羅嘉的真夜也立刻砍向白女王。

儘管立即以靈符和書本防禦，還是受了重傷。兩人翻滾在地，試圖拉開距離，不過另一邊也有一群女王在等待。

「傷……」

必須先治療傷勢才行。葉羅嘉如此思考後，拿起靈符。視野閃閃爍爍，像是燈閃來閃去的房

間一樣忽明忽暗。

當然，白女王可不會放過兩人，她們同時將槍口指向兩人——葉羅嘉與真夜心想：自己死期已到。

就在這時，響起十八發連續射擊的槍聲。白女王不是倒下就是退縮。

「時崎狂三……！」

白女王發出摻雜著怨恨的聲音。位於遠處的狂三露出狂妄的笑容。

「誰教女王要待在我的視線範圍內呢。」

狂三嘴上這麼說，刻劃著時間的黃金左眼卻死盯著「本體」。

「妳還真是謹慎呢。是怕我扔下妳，前往第一領域嗎？」

白女王如此說道，狂三便發出「嘻嘻嘻嘻嘻」的嘲笑。

「我當然怕呀。因為我相信妳就是那種人。」

「妳不覺得我是冒牌貨嗎？剛才與妳交手的是冒牌貨，不過是在爭取時間罷了。」

「哎呀哎呀，搞不好喲。那麼，妳就去死以示證明吧。」

狂三以挑釁回應白女王的挑釁，她百分之百確定這個白女王就是本體。即使白女王的長相沒有改變，言行舉止都一模一樣，本體與分身還是有著絕對的差異。

女王苦笑著聳了聳肩。

「抱歉，我開的玩笑太無聊了。我果然不適合玩『千金(LADY)』那招呢。」

「『千金』……？」

她向一頭霧水的狂三解釋：

「我『們』擁有多重人格。我是擅長戰鬥的『將軍』，其他還有誘惑準精靈並讓她們墮落的『千金』、專門處刑的『死刑執行人(EXECUTOR)』、進行潛入工作的『特務(AGENT)』、指揮空無的『政治家(POLITICIAN)』，以及——『上帝(OVERLORD)』。最後一個是誰，不用說妳也知道吧。」

「原來如此，分擔職務。妳打從一開始就不信任這個鄰界的『所有人，包括妳的夥伴』。」

「說得真好。我只相信我自己，不與其他人交心、培養感情。我們需要的——」

白女王如此說道，像是察覺到什麼事情似的支吾其詞。

「……只有我們。」

「是嗎……那麼，我可以再問妳最後一個問題嗎？」

聽見「最後」這個詞，女王笑了笑。

「可以啊。」

「『她』現在醒來了嗎？還是正在沉睡？」

「她是我們的主人格，我並不清楚——她是否清醒，還是在沉睡。」

白女王苦笑道。

「哎呀，真可惜。那麼，替我轉達給她。我不知道妳在思考什麼、策劃什麼，為了什麼目的而行動——」

重逢令狂三感到吃驚，但並不喜悅；令人感到悲傷，但並不歡喜。

每次聽見山打紗和這個名字，就會想起沉重、痛苦的那一瞬間。

即使如此……

「能再次相見，我還是很高興。不過既然我們是敵人，我一定會殺了她。」

「——是嗎？我會替妳轉告她的。」

現場一陣沉默。彼此微笑了一下後，女王開口：

「來吧，我和妳一對一決勝負。這次我不會讓任何人打擾——」

「是啊，首先讓我們做個了結吧。」

在其他分身女王的注視下，閃光與黑暗展開激戰。

◇

——緋衣響獨自思考。

因為變強，所以心有餘力；因為心有餘力，所以能一心二用，一邊戰鬥一邊思考。

因此，她並未錯過細微的突兀感，繼續思考。

有一件事很奇怪。

她冷靜、十分冷靜地思考「那件事」。除了狂三，大概只有曾經與白女王關係密切的緋衣響才察覺得到。

白女王增加的速度好慢。

空無被女王特殊的子彈擊中，變身成白女王大約要花一分鐘。感染速度跟奔跑的喪屍差不多——照理說應該是這樣。

（嗯～～果然很慢呢。）

響迴避女王射出的子彈，用軍刀擋下攻擊，偶爾一邊反擊一邊計算女王的數量。

果然很慢。

應該不是故意在折磨空無吧？再怎麼樣，女王也沒有這種閒情逸致吧。

那麼，究竟發生了什麼事？

女王朝響射擊子彈——響躲開子彈，那顆子彈偶然命中了空無。空無一臉遺憾地閉上眼睛，消融在空氣中。

剛才的現象並不足為奇。

還有另一種模式是白女王朝空無發射子彈，而非響。空無一臉陶醉地接受子彈，外形扭曲產生變化，誕生出新的白女王。

響確認完這件事後，舉起軍刀朝開槍的女王，而非中槍的女王揮下。

「……！」

女王跳向後方——企圖拉開一大段距離。響連忙逼近，不讓她得逞。就在這時，一群女王蜂擁而至，朝響開槍。

「哇啊啊！」

響用軍刀彈開子彈——她也不知道為什麼自己能做到這種事。感覺雖然是緋衣響的肉體，卻不像自己的，宛如在平常騎的腳踏車上安裝噴射引擎一樣。

剛才的行動有可疑的地方嗎？

（有。）

響將一群空無拖下水，一邊踢散她們一邊思考。

「其他女王保護了開槍射擊的女王」。

這個事實意味的只有一件事。響明知白女王在監聽，還是向所有人發表她的推理。

〈各位，我知道了！擁有能增加白女王的能力的，「只有最初產生的那五名」！其他女王並沒有增加白女王的能力！只要解決最初的那五名白女王，就能抑制增殖！〉

——所有人，包括狂三都倒抽了一口氣。

這句話就像射進黑暗的一道光芒。只要壓制住最初的五人——

〈這個想法非常好。不過，緋衣響，妳的辦法有一個缺點，那就是要怎麼分辨出那五人。〉

白女王說的這句話令響全身僵硬。

〈……呃，這個嘛……〉

〈沒辦法吧？我們只要用一個小小的手段，就能對付妳想的這一招。〉

白女王們同時拿起手槍而非軍刀，射擊空無。

「什麼——！」

響啞然失聲。一群空無接二連三倒下，其中只有一人變身成女王。

〈……不分敵我，就算空無減少也無所謂，是嗎？〉

〈能產生一個是一個。怎麼，反正我們的數量已經超過妳們，妳們也差不多到寡不敵眾的時候了吧。〉

正如白女王所說，原本一百名左右的白女王數量已突破兩百。不同於本體的白女王，大多數都只是仿造品，無法發動〈狂狂帝〉的力量。但她們的體能還是能輕易打敗空無，足以對抗支配者們。

如此一來，剩下的就只有數量與時間的問題。

白女王只要拖延時間，就能打贏這場戰爭。

「啊，糟糕——！」

這時阿莉安德妮才終於不小心失誤。她那以精密控制出名的水銀線掠過了葉羅嘉的肩膀。

「……！」

「抱、抱……抱歉……！」

噴出的血染紅地板。傷勢並不重，但衝擊力太強。阿莉安德妮悔恨的不是自己犯錯，而是不小心害同伴受傷。

「別在意！有這麼多敵人，難怪會失誤！」

不過，葉羅嘉並不在意。

她並未轉頭望向阿莉安德妮——也沒有那個餘力。她強忍著疼痛，不斷扔出靈符打倒空無。

然而，能靠意志力戰鬥下去的時間僅只片刻。

痛苦、疲勞與絕望折磨著她的意志力。

而當她雙腳無法動彈時，一切便將結束。

「啊——」

阿莉安德妮倒下，手指一根都動不了，用水銀線編織而成的劍和盾逐漸消失。

（不行了啊——）

到此為止了。

她只能奮戰至此。因為自己倒下，葉羅嘉和真夜可能會放棄，真是對不起她們。

——後悔嗎？

應該變得更強才有資格談後悔。她對於選擇這場戰役一事本身並不後悔。眼皮好沉，若說是睡意來襲，壓力未免太重。

這是墜落。

下墜、下墜，掉落後粉身碎骨，什麼也不剩。

葉羅嘉與真夜發現阿莉安德妮倒下後，反射性地想要衝到她身邊。

女王們怎麼可能錯過這個機會。她們舉起軍刀，刺向兩人——

這時，突然有無數的苦無飛向女王。

「！」

「七寶行者．降閻魔尊『防』！」

轟的一聲，一道火焰之牆包圍住阿莉安德妮、真夜與葉羅嘉。三人頓時還以為是新女王的能力，不過火焰之牆將女王們與三人遮擋開來。

「這是，真夜幹的嗎……？」

面對葉羅嘉的提問，真夜搖頭否認。

「那是其他人嗎？」

凱若特？岩薔薇？應該不是蒼，莫非是緋衣響？

「不對。看來……是奇蹟……不是，應該說是……我的願望實現了。」

真夜斷斷續續地組織言語。

白女王們暫且將三人視為無法戰鬥後，紛紛散開。就在這時，「子彈與水」如雨一般傾瀉而下。

「這是……增援嗎？」

女王們露出有些吃驚的表情，隨後立刻重振精神。準精靈的蝦兵蟹將，不管來幾人都不成問題，己方早已超過兩百人。

不過，空無一一被打倒這件事有些麻煩。幸好時崎狂三以外的準精靈差不多都收拾乾淨了。

快點解決援軍——

「哇！」

這不是聲音，而是衝擊波。一名少女從喉嚨迸發出來的聲音響徹決戰場各個角落。

「這、這個……有點吵又可愛的聲音難不成是！」

響第一個發現，站在戰場上的那個身影妖豔絢麗又十分花俏。

她手上拿著的麥克風是無銘天使〈天賦樂唱〉（Amadeus），戰鬥力為零。但是此時此地，這一瞬間，她無疑能被譽為最強，當之無愧。

因為她的聲音——傳遍了整個戰場。

「大、家、好、啊～～～～～～～～～～～～！耶～～！我是第九領域的支配者，輝俐璃音夢！雖然遲到了，但我來了喲～～！阿莉安，妳沒事吧——！」

「哼。」

輝俐璃音夢——這名歌手在收到雪城真夜的來信後，毫不猶豫地以最短距離飛奔而來。

白女王舉槍瞄準她，扣下扳機。

「哎喲？」

璃音夢呆愣地看著飛來的子彈。身穿套裝的少女們連忙保護璃音夢。

「前輩……妳……跑得太快了……呼……呼……」

然後，絆王院瑞葉從她身後步履蹣跚地趕來。似乎是全力衝刺的樣子，氣喘吁吁，肩膀上下擺動。

「那個……璃音夢前輩……我、我們……來這裡真的好嗎？有……好多……好多……白女王耶……」

「因為我收到了求救信嘛！死不死是小問題啦！」

「問題可大了好嗎！」

「別擔心！我們不會死的。因為我如此深信不移！」

這句話響徹戰場，無論認不認識輝俐璃音夢，都確確實實地傳到了她們的耳裡。有人傻眼，有些人則是笑了笑。

「老實說——我就直說了，妳是笨蛋嗎？」

本來是為了保護瑞葉的一名保鑣準精靈如此說道。璃音夢聞言，依然自信滿滿地挺起她傲人的雙峰回答：

「好，別管這個了，來唱歌吧。說到底，我們能提供的幫助也只有這個了！」

璃音夢握住麥克風。

「是的。反正我也只會唱歌……各位，那就麻煩妳們了……」

瑞葉一臉抱歉地告訴保鑣們，保鑣們搖頭否定：

「不會，只要是為了瑞葉大人您，我們就有足夠的理由賭上性命。因為無論如何，我們——都是妳的歌迷。」

「呃～～……也請妳們保護璃音夢前輩喲。」

聽了瑞葉說的話，保鑣賭氣地撇過頭。除了璃音夢和瑞葉本人，瑞葉愛慕璃音夢是眾所皆知的事實。

「……喂，妳們，如果不順便保護我，我真的會害怕耶！」

「沒辦法，我們多多少少會順便保護妳一下的。」

那就好。璃音夢二話不說就放心了，然後呼喚位於遠方的真夜。

「小夜夜——————！妳還活著吧——————！我相信阿莉安跟葉羅嘉也還活著，我現在要開始唱歌嘍～～！」

「我、我要唱歌了～～！」

兩位明星如此說道。

沒頭沒腦地開始唱起歌來。

飄浮在夢境與現實夾縫中的妳我，
是逐漸沉淪？還是飛翔空中？
飛往天空會受傷，
沉入海裡能平靜。

「……真夜……」

「阿莉安德妮，妳醒了啊。」

「嗯。」

阿莉安德妮坐起身。歌聲響遍戰場的奇怪狀況，就像在作一個莫名其妙的夢。

「她的情況如何？」

「只是因為疲勞失去了意識。我很想讓她躺下來休息，但情況不允許。」

「沒關係，我沒事……話說回來，璃音夢來了啊。」

「那孩子基本上就是個笨蛋。」

真夜嘴上這麼說，臉頰卻泛起紅暈。她很開心璃音夢前來助陣，也很開心她完全沒對自己本來挨罵也無可奈何的行為生氣。

「來的好像不只璃音夢一個人喲，妳看。」

葉羅嘉所指的方向是銃之崎烈美與她的部下們。她們正用無銘天使的手槍與水槍不斷射擊女王。

「來吧來吧，盡量射吧！那些人是華羽的仇人！儘管扣下扳機吧！第八領域新上任的支配者銃之崎，請多指教啦！呀呵！上戰場啦——！」

阿莉安德妮做了一個深呼吸後，一臉滿足地點點頭。

感覺原本支離破碎的思緒與疲憊不堪的肉體全都恢復了。

身體很輕盈，腦筋也轉得很快。阿莉安德妮判斷自己還能再戰鬥一會兒。

「抱歉～～我誤傷了妳。」

「沒關係啦。」

聽見阿莉安德妮的道歉，葉羅嘉用力拍了她的背。

「很痛耶～～」

阿莉安德妮皺起臉。包圍住她們的火焰依然熊熊燃燒著，女王們的射擊也只是牽制的程度，很難攻進來。

話雖如此，火焰正逐漸減弱。

「我估計只能再燃燒三十秒左右，我們在這段期間好好準備，再次戰鬥吧。」

「了解～～」「好的。」

火焰消失。幾乎同一時間，女王們發射的無數子彈射了進來。不過，她們可沒天真到浪費獲得的寶貴時間。

「開封——第一書‧〈她說要有光（Novum Testamentum）〉！」

真夜產生的光劍、阿莉安德妮編織出來的盾牌，以及葉羅嘉的靈符，各自擋開了子彈。

不過，在這段期間，空無們依然歡欣鼓舞地湧向白女王，任由她們射殺——或是變化成白女王。

「各位，妳們沒事吧？」

無數的苦無射進女王與支配者們之間。

「佐賀繰唯……果然是妳。」

「是的……這場戰役我們也無法袖手旁觀。第七領域暫時歇業，我們也要參加這場戰爭。」

「話說回來，虧妳們趕得上呢。」

「──老實說，在我讀信之前就已經動身前往第二領域。」

「為什麼？」

「因為……我的姊姊料定這裡會成為決戰場所。」

「……由梨嗎？」

佐賀繰由梨是第七領域上一任支配者，倒戈投入白女王的陣營，後來被時崎狂三打敗。

「她留下一句遺言，『如果有事發生，恐怕會是在第二領域，最好事先準備萬全』……」

「妳相信她說的？」

聽見阿莉安德妮說的話，唯有些落寞地莞爾一笑說：

「因為姊姊的開場白是『這是遺言，信不信由妳』，聽她這麼說……不是會想相信她嗎？」

佐賀繰唯是佐賀繰由梨製作的機關人偶，本人也有自知之明。只是，由梨所製作的人偶精細得宛如真的「少女」，至少精細到她會想相信親愛的叛徒姊姊所說的遺言。

「……反正實際上她還是趕到了，就當作人之將死，其言也善吧。」

真夜如此說道，將視線移到佐賀繰唯身上。

「第五領域、第六領域也會有援軍抵達，不過要花一點時間。」

「只要撐到她們趕到，也許會有勝算——」

阿莉安德妮否定真夜說的話。

「不～～行～～必須在那之前盡量打倒多一點空無，阻止女王增殖，否則應該沒有勝算——敵人來了！」

一群白女王的分身湧向四人。她們原本想像剛才那樣一邊擋開子彈一邊減少空無的數量，但女王的攻擊力度逐漸增強，令她們沒有餘力攻擊空無。

分身一齊掃射、突擊，如同海嘯或雪崩，少女們除了拚命防守，別無他法。

不過，有一點和剛才截然不同。

那就是輝俐璃音夢和絆王院瑞葉的歌聲響徹整個戰場——只是這樣就令人充滿勇氣。女王的分身大概不受歌聲感動，只是皺起臉龐，也沒有打算攻擊對戰鬥無意義的璃音夢她們。

分身體朝第八領域的新任支配者銃之崎蜂擁而去。

不過，她巧妙地保持射程距離的間距，拉開距離後射擊，射擊後又拉近距離，如此反復，不斷進行掩護。

「哦，有通訊！」

通訊用的靈符在葉羅嘉的胸口震動起來。

「她們是為了唱歌才趕來的嗎？多麼沒意義的存在……」

傻眼的白女王本體──也就是「將軍」，如此呢喃。狂三聞言，嘻嘻笑道：

「出乎意料吧。大家都看不慣妳傍若無人的態度，燃起了怒火。因果報應、報仇雪恨、下定決心或懷抱使命，有各式各樣的形式──但真正的目的都是為了打倒妳吧。」

「烏合之眾再多，終究還是烏合之眾。」

「妳所謂的烏合之眾，是指我們周圍的『蝦兵蟹將』嗎？」

「哎呀，妳這句話不也罵到自己頭上嗎？因為，妳也是分身吧？」

白女王說完，狂三淺淺一笑說：

「歷練不同。我和岩薔薇從被複製出來的那一瞬間，就抱著必死的決心戰鬥至今。不論是趨於下風的戰鬥或戰力輾壓的戰鬥，都身經百戰努力至今。」

死沒有輕如鴻毛、重如泰山的區別，只有結束。戰鬥有不利與有利，卻沒有絕對，死亡永遠像糾纏不清的怨靈。

「沒有這些歷練就被隨便送上戰場的妳們真是可憐啊。當然，其中也包括妳，『將軍』。」

「笑話……！」

這是「將軍」第一次在這場戰役中顯露出感情的瞬間。

緋衣響先用心靈感應對篝卦葉羅嘉說話。如果響的直覺無誤，剛才抵達的援軍——輝俐璃音夢或許會成為這場戰役的關鍵。

〈葉羅嘉小姐，方便打擾一下嗎？〉

〈嗯，什麼事？我正在戰鬥，麻煩說得簡短一點。〉

〈妳能跟輝俐璃音夢小姐聯絡嗎？〉

〈我以前有給她通訊用的靈符，想聯絡她的話，應該辦得到。不過，我沒想到她會來……不對，那傢伙確實會來呢……畢竟她是靠反射神經在生活的人……〉

〈我認為她百分之百會來。不對，現在不是談論這件事的時候。我有一件事想拜託她，「搞不好能阻止女王的增殖」。〉

〈……把詳情告訴我。〉

葉羅嘉改變了聲調。

白女王舉起軍刀。狂三擋下她的攻擊，奸邪一笑。女王突然感到一陣發涼。

狂三發出「嘻嘻嘻嘻嘻」令人毛骨悚然的笑聲。

「我從剛才就一直在想，妳為什麼不太使用軍刀呢？但我現在懂了，妳──累了吧？正確來說，是『消耗太多時間與靈力』了。」

「……！」

白女王的表情瞬間流露出焦躁。

「研發【八蠍之彈】，誕生出五名特殊的分身後，立刻又趕來與我決戰。妳之所以晚來，不是裝腔作勢，而是真的已經到達極限了吧。」

「……我還以為妳會更晚看穿這一點呢……是因為援軍抵達，讓妳有餘力思考嗎？」

正如狂三所判斷的，「將軍」保持的時間和靈力比平常大幅減少。

休息片刻應該可以補充時間，但要是拖拖拉拉，讓空無被擊破就本末倒置了。因此，她只能在這個時間點參戰。

白女王分身的數量已經超過三百，即將接近四百。

「將軍」判斷只要聚集這些數量就能戰勝狂三。

即使來再多援軍，都不可能打得過四百名以上的分身。

照理說，應該是這樣。

〈……我知道了，小響！剛才小烈用漆彈射中的傢伙！「那傢伙應該就是小響妳說的那五名

之一」。〉

白女王沒有動搖，即使動搖也是跟時崎狂三有關——她如此自我分析。

不過，聽到剛才那句心電感應，「將軍」的確感受到一種心臟被射穿的衝擊。

「什……怎麼會……！」

她連忙望向被漆彈射中的分身——一臉愕然。靈裝沾上黑色油漆的她，無庸置疑是獲得【八蠍之彈】能力的分身……！

〈——中獎了。不過，妳是怎麼知道的？〉

〈喔，三三也能說話啊。有點難分辨，但「只有她的子彈聲音不一樣」！還有其他兩名女王發出的聲音不一樣，我正在尋找！〉

「聲音——不一樣。」

「將軍」震驚得說不出話。

啊啊，對了。沒錯，【八蠍之彈】的聲音確實與普通的子彈不同。一種是殺傷對方的子彈，一種是使對象產生變化的子彈。作用不同，聲音自然也不同。

不過，僅止於此。「明明僅止於此」，並沒有明顯的差異，她卻能在這個戰場聽出發射音的不同？

——不對，要震驚等之後再震驚，現在必須盡早解決輝俐璃音夢！

聲音。有聲音。璃音夢一邊唱歌一邊加強聽覺，分辨在這個戰場交錯混雜的所有聲音。那早已超越絕對音感的等級，而是魔人的領域。

利用唱歌讓聲音反射，「掌握」現狀存在的所有個體，然後在腦內將一個一個聲音分割出來。空無的聲音：純粹、吵鬧、清晰，宛如不協調的混聲合唱，輕輕鬆鬆就能刪除。

白女王以外的聲音：時崎狂三、岩薔薇、緋衣響、其他人的聲音，一個一個排除。剩下的聲音和白女王的聲音大致分成四種。

第一種：近似時崎狂三的女王的聲音。非常獨特，一舉一動都比分身高一等，方便區分。

第二種：群聚在一起的女王的聲音。大部分是分身吧，用軍刀搏鬥的聲音鏗鏗鏘鏘的，吵死了。

第三種：這是最令人心煩的聲音。總是有槍林彈雨，「砰、砰、砰」地劃破空氣、令空間嘎吱作響的聲音。戰場的大部分都充滿了這種聲音。

而第四種卻是在波濤洶湧的槍聲中存在些許差異的聲音。類似槍聲，但感覺更加不祥。有「某種東西」發射出這種聲音。每次射擊時，就會產生蠕動起泡般的聲音。聲音結束後——第二道、第三道聲音就會響得特別宏亮。

就是這個。

〈小烈，我找到了～～！在我指定的傢伙身上留下標記！〉

〈了解。隨時聽命！〉

就這樣，輝俐璃音夢終於揭穿女王的特殊分身在哪裡。

白女王的分身們察覺到這件事後，理所當然地湧向輝俐璃音夢。

「哇哇哇，一大堆白女王衝過來了！」

「瑞葉大人，撤退吧！我們實在應付不來！」

保鑣們如此說道，將瑞葉拉向後方。

「咦，那我呢？」

「就、就是說呀。璃音夢前輩也一起撤退吧！」

「不，她們就是衝著妳來的！我們是被連累的，妳自己想辦法吧！」

保鑣如此說道，一把抓著瑞葉強行將她拖走。

「耶～～妳說得百分之百完全正確！」

「前輩～～～～！」

璃音夢目送悲傷地揮手掙扎的瑞葉後，決定先逃之夭夭。

〈璃音夢小姐，妳還活著嗎～～？〉

〈欸，小響，妳有沒有方法可以對抗她們呀？姊姊我差點沒命耶！〉

〈啊，是，單良有的。〉

〈？啊，妳是說「當然」嗎？不要用什麼諧音說話，很難懂耶。應該說，既然妳有辦法，就快點告訴我啊！〉

〈應該就快來了。我很忙的，就這樣！啊，麻煩妳快點找出剩下兩名射擊【八蠍之彈】的特殊女王分身。妳是這個鄰界未來的希望！〉

〈我討厭背負這種壓力！〉

璃音夢邊跑邊說，迎面撞上一個人。她慌忙尖叫，就要跌倒時，撞上她的人抓住了她的手。

「謝、謝謝——」

「不客氣。」

眼前是一名穿著軍服，狂妄一笑的少女。

應該說，根本是白女王的分身。

「呀～～！」

「哎呀，好響亮的尖叫聲呀。」「不過，可不能聽入迷了。」「妳很危險喔。」「我現在就解決掉妳。」

老式手槍和軍刀指著自己，手被抓住無法逃跑……雖然就算手沒被抓住，也不可能逃得掉就是了。

「小響～～！妳剛才說的方法是什麼——！」

——答案就是，有人會來救她。

水銀線、靈符、以書籍構成的劍、撲克牌與苦無。

緊抓住璃音夢手的那名分身因為承受集中攻擊而消失無蹤。

「妳們……」

啊啊，原來如此。也對，有她們在，不需要依靠時崎狂三也能突破難關。她們是統治、經營這個鄰界，時而吵架、聊天，互相理解、不諒解的支配者。

阿莉安德妮·佛克斯羅特、篝卦葉羅嘉、雪城真夜、凱若特·亞·珠也，以及佐賀繰唯。

「謝謝妳們。」

「別謝了～～不如快點尋找女王吧。」

「有空道謝的話，拜託妳快點找出發出奇怪聲音的女王吧。要不然，我們會全軍覆沒。」

「加油，拜託妳了！」

「不快點找出來的話，我們會撐不下去！」

「妳們還真拚命呢！不，我說這什麼廢話！順帶一提，現場的所有白女王都不是。剛才發出

聲音的，位於離這裡一百公尺左右的地方！」

真夜一行人聽見這句話後，瞪大了雙眼。

「好，要衝了喲～～」

「衝？嗯？不是『去』嗎？」

「嗯，是衝～～」

水銀線纏繞住璃音夢的全身。她有種不祥的預感。

璃音夢的頭貼了一張靈符。她有種不祥的預感。

真夜與凱若特摟住璃音夢的腰。她有種非常、非常不祥的預感。

「那個，各位？妳們在做什麼？不覺得很奇怪嗎？」

「璃音夢。」

「嗯。」

真夜探頭看她的臉。璃音夢不由得心想：這孩子還是長得跟陶瓷娃娃一樣漂亮，真羨慕啊。

我拚命保養才勉強維持住偶像的樣子耶——咦？

「我們……」

「嗯。」

「在天空飛翔。」

「因為被扔出去啊。」

璃音夢發出不符合偶像形象的慘叫聲。纏繞在身上的水銀線用力將她們扔出去後，靈符再強化它的速度，於是璃音夢像火箭飛彈一樣衝向青天。

「呀啊啊啊啊啊啊啊啊啊啊啊啊啊啊啊啊啊啊啊！」

「不要尖叫，喂。百米外是這一帶嗎？」

「還～要～～再～～前～～面～～一～～點～～！」

尖叫歸尖叫，璃音夢還是恪守自己的職責。

於是，戰爭又加速了一個階段。

◇

「將軍」放眼望向戰場，嘆息道「太荒唐」。不可能會輸的戰爭，理應大獲全勝的戰爭。

然而卻……

為什麼一切都進展得不順利？感覺就像齒輪纏上了黏稠的線，完全動彈不得。

——啊啊，原來如此。

「怎麼了？妳的手停下來嘍。」

嘻嘻嗤笑的時崎狂三散發出不屬於這世上的妖美。這名少女總是從容不迫，裝作一副從容不迫的模樣。

無論如何窮途末路、陷入絕望或受挫，依然保持這一點。裝腔作勢、忍住顫抖，奮戰到底。

當我因為「這點程度」驚慌失措時，就已經失去當「將軍」的資格。

——嘆息。

既然如此，是時候該消失了吧。在那之前，我得將絕望植入她們心中。

「……妳覺得我們副人格是因何而存在？」

「哎呀，這問題問得真突然呢。不過，妳們反轉體的苦衷與我何干？」

「呵……別這麼說嘛。我們是『上帝』製造出的人格。不過，可不是單純被製造出來的。」

並非在殘酷得令人格解離的狀況下誕生出來的人格。

也不是天生精神有毛病。

「將軍」或是其他人格全是——

「全是【蠍之彈】真正的力量。我們是蓄電池，被賦予用途的人格……三幹部不過是剩餘力量產生出來的。」

「……從頭到尾，妳都是一個人呢。」

「應該說我們吧。我把這場戰役視為最後的好機會而精心準備，【八蠍之彈】也是為了對抗你的殺手鐧。然而……」

承認吧。

是時崎狂三的勝利。妳突破所有陷阱、顛覆戰力差距，戰勝了我。

不過——

「妳戰勝了我，不代表戰勝了白女王。」

「將軍」將老式手槍對著自己的頭。

時崎狂三以為是自我強化的子彈而做出備戰姿態，然而並非如此。這是單純的自殺。殺死自己、奉獻、當成供品，是「將軍」最後的一招。

「只要我這個人格死去，妳所期望的靈力枯竭便『不會發生』。」

女王——「將軍」如此說道，露出溫柔的微笑。

「再見了。哎，我很開心，如果因此戰勝，我會更加開心吧。」女王開槍射擊自己。

狂三無法動彈。不明白她這是在做什麼，腦袋一片混亂也是原因之一……但主要是因為她能猜想到之後事情會如何發展。

來了。

她要來了。那名只發出一次聲音就令自己全身凍結的少女。

女王一動也不動地佇立原地片刻後——

「……呼。」

吐了一口氣，散發出來的氣息便隨之一變。並非威風凜凜佇立於殘酷戰場上的那名「將軍」的氣息。

與戰場格格不入，散發柔和氣息的少女面帶微笑，站在那裡。

「妳好，狂三。」

——多麼和氣的聲音呀。

語氣中帶有本來不可能存在，令人感覺幸福的情緒。

正因如此，才能窺見其中的瘋狂。

周圍是敵我互相廝殺、悲嘆、欣喜的血腥戰場。然而，她卻發出站在極其理所當然的場所般的聲音，向狂三打招呼。

「妳是紗和吧。」

「嗯～～……是嗎？即使我外表長這樣，妳也這麼認為？」

感覺快要被拖入黑暗。如果此時此刻眼前的少女朝自己開槍，自己理所當然會死吧。

然而，眼前的少女——自稱山打紗和的女王，只是難為情地如此說道。

「就妳散發出來的氣息……我不得不這麼認為。」

「我們都變了呢。噢，緋衣小姐？妳還活著啊，真是太好了呢……不過，對我來說倒是不太好就是了呢。」

山打紗和嘆了一口氣。

「……抓走她的不就是妳嗎？」

「是『將軍』拜託我抓她的，我只是實現了她的願望。那孩子這陣子辛苦得很呢。」

——危險。

明明只是習以為常的對話，背後卻冷汗直流。她那種氣定神閒的態度有種無可救藥的瘋狂。

「……為什麼？」

「嗯？什麼為什麼？是問我為何會在這裡存在？還是問我的目的？或是一切的一切？」

「一切吧。」

所有的一切都充滿問號。

白女王……山打紗和思考了一下，說道：

「也好。想必這是『我與妳度過的最後一段時間』，好，我就把一切告訴妳吧。」

○於是，山打紗和她……

她在戰場上如平靜的大海般娓娓道來。她一開口，就有種連戰場上的喧囂都消失的感覺。

「——我死掉了喲，狂三。」

……沒錯。狂三如此心想，緊握拳頭。

「我被不是妳的妳——也就是狂三本人殺了。」

記得當時自己喉嚨異常乾渴。四處徘徊，踏著搖搖晃晃的步伐求救。

視野一片朦朧，全身疼痛，痛得不得了。

——啊，是狂三。

紗和伸出手想要跟她說話／她以心意已決的眼神望向紗和。

紗和沒有發現四周散布的火焰／她面露驚訝，華麗地迴避。

紗和受到衝擊，頭腦一片混亂／她舉起手槍不斷射擊。

「後來得知殺死的是我，『狂三是怎麼想的』？這妳當然回答得出來吧？」

「……她感到很絕望。」

即使是分身，當時那一瞬間的絕望她依然記得一清二楚。應該說，對時崎狂三而言，那一瞬間是絕對的禁忌。因為她差點就要反轉。

若是沒有用【四之彈】強制將自己拉回來的能力，狂三便無法從反轉體恢復正常。

──「等一下」。

「沒錯，看來妳漸漸理清頭緒了呢。我啊，不對，是我的這副軀體，是截取當時妳『反轉』那一瞬間的模樣而誕生的『分身』。」

「……很奇怪，這並不合理。」

「是嗎？狂三本體所使用的【八之彈】，能力是『模仿過去的自己』吧。也許是百萬，搞不好是千萬分之一的偶然。」

也許真的能產生出分身。

若是模仿當時那一瞬間的過去。

時崎狂三如此思考：

本體會怎麼看待用【八之彈】產生出來的反轉體？

肯定會「立刻殺死她」。用不著推測也知道，反轉體別說會反抗自己的命令了，還會變成四處破壞的怪物。

時崎狂三勢必會毫不猶豫地殺害那因千萬分之一的偶然而誕生出來的少女，並且將她扔進影子之中。

就像過去在七夕時，時崎狂三自己所遭受的境遇一樣。可是，那影子裡有「洞」，所以時崎狂三才會和岩薔薇一樣墜入鄰界吧。

「千萬分之一的偶然又遇上了千萬分之一的偶然。我與反轉體在同一瞬間，掉落到同一個場所。果然還是被狂三吸引過來了吧。」

就這樣，兩名少女落入鄰界。

那是偶然又戲劇性的重逢。

「化為靈魂的我，與只剩肉體的她。」

白女王——山打紗和如此說道，露出天真無邪的笑容。

——我憎恨狂三（她）。

——她憎恨時崎狂三（妳）。

「所以，我們締結了契約。靈魂是山打紗和，肉體是反轉的時崎狂三，而誕生的便是白女王

——QUEEN。」

她們結合了，結為共犯，靈魂與肉體合為一體。誕生的少女起初嚎啕大哭。哭泣、吶喊，然後——憎恨一切，甦醒。

狂三嘆了一口氣。

只要將過去的線索一一堆疊，必然會得到這個真相。可是，自己無論如何都不想得到這個結論。

這殘酷、宿命、戲劇般、淒慘至極的結論。從起點來看，她早已誤入歧途，她對此也心知肚明而瘋狂。

「妳憎恨我，跟鄰界無關吧？」

「不是的。『有這種世界存在本身就是個錯誤』。妳對生存這件事心懷感謝嗎？我對生存這件事只有怨恨和使命感罷了。」

紗和否定狂三的指摘。

她對破壞鄰界一事表示肯定，斷言有這個世界存在本身就是邪惡。

「妳毀滅鄰界後打算怎麼辦？」

「我是無所謂，但『我的身體』渴求國王。」

……狂三「呼」地吐了一口氣。聽見國王這個詞的瞬間，現場的空氣充滿殺意。她明白國王

這個詞在這種狀況下代表何種含意。

「蹂躪這個世界、犧牲一切後，『迎接國王的到來』。因為要毀滅世界，所以渴望新世界的誕生。」

「妳打算成為亞當與夏娃嗎？」

狂三說完，紗和浮現妖豔的笑容回答：

「——不行嗎？」

「兩邊都沒有討論空間呢。就算是紗和——不，『正因為是紗和』，有不能原諒的底線。」

「是嗎？」紗和同時吐出氣息與殺意。殺意與殺意互相交錯。狂三的殺意也等同於紗和的殺意。

「嗯，我們很明顯無法諒解彼此。那就互相廝殺吧。」

紗和拍了手。

狂三點頭表示同意。

回過神後，發現周圍一帶是空白的。直到剛才為止，一找到空隙就想攻擊的那群白女王的分身已消失無蹤。

無人的空白區域，惡夢與女王在那裡對峙。

「——〈刻刻帝〉。」

「——〈狂狂帝〉。」

兩座時鐘從她們的背後出現。女王面帶笑容，惡夢閉上雙眼，沉浸在剎那的回想中。

來吧，屏棄所有與山打紗和創造出的不足為道的重要回憶吧。雖然兩者都不是真正的時崎狂三與山打紗和。

因為心中懷抱的——憎惡／愛情是貨真價實！

怒吼的是狂三，狂笑的是紗和。槍擊與劍戟糾纏、相交。

——而鄰界也逐漸迎向另一個臨界點。

鄰界是與某個精靈的誕生一起形成的人造世界。

就好比「她一直身處的夢境一樣」。所有準精靈們，包括時崎狂三，都不過是來到那個世界的迷途之子罷了。

既然如此——

當她從夢境中醒來，那個世界自然會——

◇

在現實世界發生過一場戰役。

一人攜帶天使，一天攜帶魔王，行使其強大的力量。

「──〈■■■（Qemetiel）〉。」

「──〈　　　（Ain）〉。」

於是，打盹時間結束了。

◇

就這樣，從夢境中清醒，鄰界開始瓦解。

不論是一名少女的旅程與戰鬥，還是一名少女的祈願與夢想……一切都開始破滅。

○後記（※內含正文雷喔）

世界發生劇變已經將近一年，失去原有的秩序。哎呀，不過作家在何時何地都能工作是最大的優點，除了運動量不足，其他方面都還過得去。我是東出。

事情就是這樣，故事終於來到這個階段，對抗白女王的最終決戰。我在閱讀《約會大作戰DATE A LIVE》第三集時也曾深思熟慮，要是與狂三為敵，「她不僅能幾乎無限制地增殖，增殖的分身還能行使威力較弱的類似能力，即使喪命也毫不在乎，勇往直前」，這點真的很棘手！

關於在上一集結尾公布的女王人格……靈魂這件事，我跟本篇原作者橘公司老師七嘴八舌地討論著：「只是反轉體的話，感覺不夠精彩。」「山打紗和如何？」「牽扯到她的話，故事會變得更複雜。」「可是，她可說是造成反轉的原因。」討論到最後，我們覺得：「……行得通！」

就這樣，女王戴上王冠，為了蹂躪鄰界而採取行動。

另一方面，與本篇的時間軸終於開始連結起來。是的，正如原作所寫的那樣。

期間限定的天國——鄰界，在下一集會有什麼下場呢？

緋衣響、支配者們以及時崎狂三會如何選擇？

敬請期待下一集。

接下來，有個消息要告訴各位。

恐怕本作發售時已經上映了吧。

就是動畫版《約會大作戰DATE A BULLET NIGHTMARE OR QUEEN》！

由於是上下兩篇，雖然是以一集的內容為基礎，但幾乎是重新改編，所以會有些變動。不過多虧對原作風格表示理解的動畫師，我想應該能重現《約會大作戰DATE A BULLET》原作中那種奇特的氛圍。

搖擺不定的少女心與令人摸不著頭緒的世界。希望各位觀賞後能體會到其中的樂趣。

在此感謝編輯、插畫家ＮＯＣＯ老師，以及本篇作者兼監製的橘公司老師。

下次是最後一集，一起見證時崎狂三與緋衣響旅程的終點吧。

東出　祐一郎

約會大作戰 1~22（完）

Kadokawa Fantastic Novels

作者：橘公司　插畫：つなこ

戰爭將再次碰上故事起始的命運之日——
新世代男女青春紀事即將完結！

在精靈本應消失的世界出現一名神祕的精靈〈野獸〉。五河士道賭上性命，嘗試與對自己表現出執著的神祕少女對話。曾經身為精靈的少女們也為了實現士道的決心，毅然決然齊聚戰場。與精靈約會，使她迷戀上自己——這便是過往累積至今的一切。

各 **NT$200~260/HK$55~87**

約會大作戰
DATE
A
LIVE
ENCORE
安可短篇集
9
橘公司
The author
Koushi Tachibana
Kadokawa Fantastic Novels

七魔劍支配天下 1~4 待續

Kadokawa Fantastic Novels

作者：宇野朴人　插畫：ミユキルリア

最強魔法與劍術的戰鬥幻想故事第四集登場！
2020年《這本輕小說真厲害》文庫本部門第一名！

金伯利魔法學校再次迎來春天，奧利佛等人也升上二年級。照顧新生、新的課程和各自的修行，讓他們每天都忙得不可開交。有一天，他們決定去學園附近的魔法都市伽拉忒亞散心，一起吃喝玩樂，完全不知道那裡最近有危險的砍人魔出沒——

各 NT$200~290/HK$67~97

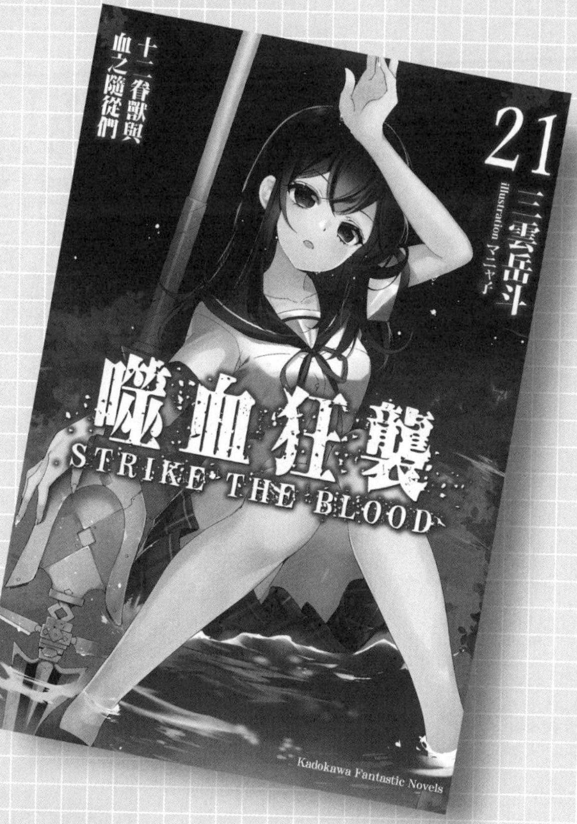

噬血狂襲 1~21 待續

Kadokawa Fantastic Novels

作者：三雲岳斗　插畫：マニャ子

古城被強行將眷獸植入體內，變成了怪物。
雪菜等人只得找齊十二名「血之伴侶」──

第一真祖齊伊出現在古城等人面前，提出意想不到的交易。齊伊交給古城的是一批新眷獸。古城受到強行植入體內的眷獸影響，理性盡失，進而變成怪物。為了讓古城駕馭住眷獸，雪菜等人只得到處奔波以找齊必要的十二名「血之伴侶」，豈料──

各 **NT$180~280/HK$50~87**

打倒女神勇者的下流手段 1~6（完）

Kadokawa Fantastic Novels

作者：笹木さくま　插畫：遠坂あさぎ

亞莉安、瑟雷絲和莉諾的攻勢愈來愈激烈……真一選擇的答案究竟如何？

女神的威脅已去，和平造訪世界——事情並未如此，失去信仰對象的人類社會亂上加亂。沒有勇者使得魔物四處肆虐、國際情勢詭譎。白精靈們的相親問題、殘存女神教腐海化、莉諾沒有同世代朋友等，難題堆積如山……下流參謀的異世界攻略記最後一幕！

各 NT$200~220/HK$67~75

國家圖書館出版品預行編目資料

約會大作戰DATE A BULLET赤黑新章/東出祐一郎作；Q太郎譯. -- 初版. -- 臺北市：臺灣角川股份有限公司, 2021.01-
　冊；　公分. -- (Kadokawa fantastic novels)
譯自：デート・ア・バレット：デート・ア・ライブ　フラグメント
ISBN 978-986-524-192-6(第6冊：平裝). --
ISBN 978-986-524-713-3(第7冊：平裝)

861.57　　109018338

Kadokawa
Fantastic
Novels

約會大作戰DATE A BULLET 赤黑新章 7

(原著名：デート・ア・ライブ フラグメント　デート・ア・バレット 7)

2021年8月11日　初版第1刷發行
2023年8月10日　初版第2刷發行

作　　者：東出祐一郎
原案・監修：橘公司
插　　畫：NOCO
譯　　者：Q太郎

發 行 人：岩崎剛人
總 編 輯：蔡佩芬
編　　輯：孫千棻
美術設計：吳佳昫
印　　務：李明修（主任）、張加恩（主任）、張凱棋

發 行 所：台灣角川股份有限公司
地　　址：104台北市中山區松江路223號3樓
電　　話：(02)2515-3000
傳　　真：(02)2515-0033
網　　址：www.kadokawa.com.tw
劃撥帳戶：台灣角川股份有限公司
劃撥帳號：19487412
法律顧問：有澤法律事務所
製　　版：巨茂科技印刷有限公司
ISBN：978-986-524-713-3